DIE SUPERHELDIN

BAND 3 VON 3

J. VELLGUTH

Diese Welt geht vorüber
und alles, was wichtig ist,
fliegt vorbei.

Jeder muss
aus seinem Traum erwachen.
Es ist keine Zeit zu verlieren.
Buddha

LOSLASSEN

Anja hatte sich unsichtbar gemacht, war nach draußen geschlichen und stand nachdenklich mitten im nebelverhangenen Stadtpark. Natürlich war sie keine Gefangene, auch wenn ihr das kleine Zimmer im Firmengebäude von Deepstone bisweilen so vorkam.

Aber manchmal tat es einfach nur gut, einmal völlig unbehelligt an der frischen Luft zu sein.

Sie schloss die Augen – was bei durchsichtigen Lidern keinen Effekt hatte – und atmete tief durch. Es roch nach Regen.

Wenn dieser Weiß, der es auf Anja abgesehen hatte, tatsächlich das Wetter beeinflussen konnte, konnte das jahreszeituntypische Verhalten der Temperaturen dann vielleicht sein Machwerk sein? War er so mächtig? Die Frage war nur, wieso? Was hatte er vor?

Anja rieb sich die Oberarme und versuchte nicht daran zu denken, dass sie gleich noch einen Termin hatte. Bei Balduin Schattenklinge. Zumindest lautete so das Pseudonym, mit dem er sich ansprechen ließ.

Nach all den Abenteuern und den Herausforderungen der vergangenen Zeit war Balduin ein echter Glückstreffer. Auch, weil er Sam und seine Feuerfertigkeiten mitbrachte. Vor allem aber wegen Balduins Erfahrungen mit Fähigkeiten, und weil er sich bereiterklärt hatte,

Deepstones Forschungen in diesem Bereich zu unterstützen.

Gerade deshalb sollte sie jetzt wohl besser zurückgehen. Aber sie wollte nicht. Noch nicht.

Lieber noch einen winzigen Augenblick genießen, *normal* zu sein.

Na ja, fast.

Vereinzelte Tröpfchen fielen vom Himmel und kitzelten ihre Wangen. Die wenigen Menschen auf der Straße beschleunigten ihre Schritte oder spannten Regenschirme auf.

Rote Farbtupfer in der grauen Nebelsuppe.

Und dann brachen die Wolken auf, dicke Wasserperlen prasselten vom Himmel, knisterten im Blätterdach, plätscherten auf die Kieswege und ins Gras, malten Ringe und Kronen in Pfützen.

Anja rannte nicht.

Sie konzentrierte sich kurz und sofort schloss sich mit leisem Summen eine fast durchsichtige, weißblau schimmernde Sphäre um ihren gesamten Körper. Die Regentropfen zeichneten beim Auftreffen glitzernde Lichtpunkte auf den Energieschild, perlten ab und rollten zur Erde.

Ein stummes Miniaturfeuerwerk aus Weiß und Himmelblau auf einer riesigen durchsichtigen Kugel.

Anja staunte bei dem Anblick und streckte ihre Finger danach aus. Was für eine erstaunliche Fähigkeit.

Nur noch zwei Minuten, dann würde sie wieder zurückgehen und sich ihrem Schicksal stellen.

***

Ihre Finger schlossen sich um die kleine metallische Kugel. Hart und kalt lag sie in ihrer Hand und schien ihren Namen zu flüstern. *Anja.*

»Augen zu«, sagte der Mann im Rollstuhl. »Ganz wichtig ist der Druck. Jede Fähigkeit und ihre Übertragung hängt immer mit der Berührung zusammen. Der Druck ist entscheidend. Ist er zu gering, funktioniert es nicht.«

Anja blinzelte. »Wieso?«

Balduin seufzte und rollte etwas dichter heran. »Ich weiß nur, dass es immer um Berührung geht, auf der einen oder anderen Ebene. Um Verbindungen und um Kontakt. Wieso das so ist, weiß ich nicht. Aber wenn ich alle Antworten kennen würde, dann säße ich jetzt nicht hier.«

Eigentlich machte es keinen Sinn nachzufragen. Balduin war mit privaten Informationen sehr zurückhaltend. Sie wusste nicht einmal, ob das sein richtiger Name war. Konnten Eltern tatsächlich so grausam sein? Trotzdem konnte sie es sich nicht verkneifen. »Wo wärst du dann?«

»An einem einsamen Sandstrand, mit der Liebe meines Lebens. Wo denn sonst?« Er nickte zu der Kugel in ihrer Hand herüber. »Jetzt konzentrier dich.« Er griff nach ihren Händen und drückte sie fester zusammen. »Du musst deine Fähigkeit gehen lassen. Sie ist kein natürlicher Teil von dir, auch wenn sie sich so anfühlt. Du wirst nicht weniger, nur, weil du deine Kräfte verlierst.«

Das hörte sich so tiefgründig an.

Wirklich nicht?

Anja bezweifelte es. Es fühlte sich zumindest so an, als würde jemand von ihr verlangen, sich einen Arm abzuschneiden.

Vielleicht verschwinde ich wieder, wenn ich nicht mehr besonders bin.

Natürlich meinte sie das nicht im wörtlichen, sondern nur im übertragenen Sinne. Und sie glaubte es nicht einmal wirklich. Aber ein Teil von ihr klammerte sich mit aller Macht an ihre Fähigkeit und wollte sie nicht hergeben, nicht einmal für eine Minute.

Es ist für einen guten Zweck.

Redete sie sich ein und wiederholte die Worte bestimmt fünfhundert Mal.

Schluss jetzt. Du benimmst dich wie ein kleines Kind.

Anja konzentrierte sich und presste die Kugel zwischen ihren Fingern, so fest sie konnte. Ein Kitzeln, ein Britzeln und dann … nichts.

Sie öffnete die Augen. »Hat es funktioniert?«

»Öffne deine Hände, dann sehen wir es.«

Und sie sahen – nichts. In ihrer Handfläche lag rein gar nichts. Schnell griff sie an die Stelle, an der sie das winzige Gewicht der Kugel spürte und fühlte dann das kühle Metall an ihren Fingerspitzen. Das Staunen packte sie von Neuem, genau wie damals, als sie die Fähigkeit zum ersten Mal gesehen hatte. Die Kugel war wirklich da, nur war sie völlig unsichtbar.

Anja konnte sich noch gut an den Tag erinnern, als sie die Unsichtbarkeit gekauft hatte. Was für ein irrsinniger Tag. Was für ein verrückter Anfang für ihre Reise. Es schien erst gestern passiert zu sein und gleichzeitig war es eine Ewigkeit entfernt. Sie hatte herausgefunden, dass es Sammler gab, die ihr nach dem Leben trachteten, um an ihre Fähigkeiten zu kommen. Einen davon hatte sie in einer Hausverschwindeaktion in Notwehr von einem Hochhaus geworfen. Gerade deshalb war sie an die Öffentlichkeit getreten, um anderen Menschen, die auch plötzlich zu besonderen Kräften gekommen waren, dabei zu helfen, diese zu kontrollieren und sie vor den Gefahren wie Nebenwirkungen und Sammlern zu warnen. Und genau deshalb war sie von den Gefolgsleuten dieses Herrn Weiß fast umgebracht worden und hatte eine Gruppe Reporter vor einem einstürzenden Stockwerk beschützt.

Was dieser Mann tatsächlich vorhatte … wenn sie das nur endlich herausfinden würde. Dann könnte sie um einiges ruhiger schlafen.

Wie sehr sich ihr Leben doch verändert hatte.

Rein äußerlich war sie natürlich dieselbe. Sie hatte immer noch langes, schwarzes Haar in einem wirren Knoten und sie war keinen einzigen Zentimeter gewachsen. Aber innerlich war sie größer geworden. Sichtbar, nicht nur für die Welt, sondern sogar für ihren Vater. Sie lächelte. Die Unsichtbarkeit hatte ihr geholfen, sichtbar zu werden.

Sicher waren die gesundheitlichen Konsequenzen, die sich in ähnlichen Symptomen wie bei einer Strahlenerkrankung niederschlugen, nicht gerade erstrebenswert. Und das Wachstum der Fähigkeit – sich unsichtbar zu machen, bis zu einem Punkt, an dem sie durch Wände laufen konnte – war beängstigend. Trotzdem hatte sie das Gefühl, die Unsichtbarkeit und auch der Energieschild waren zu einem Teil von ihr geworden, wie ein weiterer Arm. Und jetzt, wo sie beide abgegeben hatte, da fehlten sie ihr, genau wie ein amputiertes Körperteil ihr fehlen würde.

Aber eigentlich brauchte sie die Fähigkeit tatsächlich nicht, um zu sein, wer sie war. Was sie wirklich ausmachte, das waren ihre Entscheidungen, die sie bisher getroffen hatte und die sie in Zukunft treffen würde.

Das würde nicht einfach werden, so viel stand fest.

Du bist, was du tust.

Und das hier war wichtig. Sie mussten herausfinden, wie sie die Sammler stoppen konnten. Vorzugsweise, ohne einen nach dem anderen umzubringen.

Es ist für einen guten Zweck.

Mit einem kurzen Zögern reichte sie Balduin die unsichtbare Kugel. Es fühlte sich an, als würde sie einen guten Freund zu Grabe tragen.

Natürlich wusste sie, dass das nicht stimmte. Sie konnte ihre Fähigkeit wiederbekommen, wenn sie das wollte – und sie *wollte*. Aber trotzdem war es ein merkwürdiges Gefühl. So, als würde sie neben ihrem eigenen Körper stehen und sich selber beobachten, wie sie einen Teil von sich hergab.

Balduin schien ihr Zögern nicht zu bemerken oder überging es freundlicherweise. Er legte die unsichtbare Kugel neben eine weitere metallene Kugel, die von ihrer Schildfähigkeit in ein glühendes Weißblau getaucht wurde.

Er kam ihr alt vor, aber das lag nicht an seinem Rollstuhl oder seinem Aussehen. Sein braunes Haar war voll und die Augen freundlich. Allerdings lag eine Härte in seinen Zügen, die Anja nicht wirklich greifen konnte.

Es hatte sicher auch damit zu tun, dass dieser Weiß seinen besten Freund umgebracht hatte, um dessen Flugfähigkeit zu stehlen.

Aber Anja konnte förmlich spüren, dass da noch mehr war. Ein warmes Prickeln unter ihrer Haut sagte ihr, dass noch wesentlich mehr hinter Balduins Besessenheit steckte. Ein tiefsitzender Grund, weshalb er versuchte, alles über diese Fähigkeiten herauszufinden.

Obwohl das vielleicht auch zum Teil seinem ehemaligen Beruf zuzuschreiben war. Als Reporter musste man wohl neugierig sein und sich an Dingen festbeißen.

Sie wusste, dass er schon seit einer Weile nicht mehr in diesem Bereich arbeitete. Wie er sich zurzeit finanzierte, war ihr genauso ein Rätsel wie seine Vergangenheit.

Sie riss sich aus ihren abschweifenden Gedanken. »Und jetzt?«, fragte Anja.

»Jetzt lassen wir die Wissenschaftler ihre Arbeit tun.«

Anja war mehr als gespannt darauf, was bei den Untersuchungen herauskommen würde. Ihre eigenen Versuche waren damals nicht gerade ergiebig gewesen. Andererseits hatte Deepstone ein ganzes Arsenal von Wissenschaftlern und Geräten. Ben hatte anklingen lassen, dass mit Balduins Hilfe sogar schon eine Theorie entwickelt worden war, wie man die Kräfte eventuell mechanisch übertragen könnte. Ohne dass der Betroffene einverstanden oder tot sein musste. Allerdings würde Anja sich noch durch einen kniehohen Stapel wissenschaftlicher Abhandlungen arbeiten müssen, bevor sie auch nur ansatzweise in der Lage wäre, die Theorie dahinter zu verstehen. Zumindest fühlte es sich so an. Dank ihres Physikstudiums und des Themas ihrer Beinahe-Doktorarbeit würde es vielleicht ein bisschen schneller gehen.

»Das heißt, ich kann jetzt gehen?«, fragte sie.

Auf der einen Seite drängte ihre Wissenschaftlerseele danach, hierzubleiben und zuzusehen. Aber auf der anderen Seite gab es da jemanden, der auf sie wartete. Ihr Puls nahm Geschwindigkeit auf und galoppierte in freudiger Erwartung.

»Sicher.« Balduins harte Züge wurden durch ein versonnenes Lächeln aufgehellt. »Verabredet?«

Anja nickte.

»Sag dem Chef, wir machen gute Fortschritte.«

»Wer sagt, dass ich mit Ben verabredet bin?«

»Och, niemand, außer, dass ich euch letztens hinter der Cafeteria erwischt habe.«

»Cafeteria? Ich? Nie!«

»Genau, die Knutschgeräusche kamen sicher von dem Eimer und dem Putzlumpen, die versucht haben, Junge zu zeugen.«

»Vielleicht hast du dich einfach nur vertan.«

»Ich werde alt, aber nicht taub. Ist doch schön, wenn ihr euch gefunden habt. Genieß die Zeit, die du hast. Man weiß nie, wie schnell sie vorbei ist.«

»Klingt, als hättest du Erfahrung.« Sie biss sich auf die Zunge. Eigentlich hatte sie ihn necken wollen, aber die Finsternis, die sich in sein Gesicht schlich, sagte ihr, dass sie ins Schwarze getroffen hatte.

Schnell wischte er sie mit einer Geste zur Seite. »Binsenweisheit. Jeder kennt sie, keiner hält sich dran.«

Damit klappte er die Kiste zu, setzte sie auf seinen Schoß und fuhr aus dem Raum.

VERABREDUNG

Als die Limousine mit den getönten Scheiben anhielt und der Fahrer ihr die Tür öffnete, musste Anja den Kopf in den Nacken legen, um das Gebäude, das sich vor ihr erhob, in seiner Ganzheit zu erfassen. Es war weiß, mit riesigen Fenstern, einem umlaufenden Balkon und von so moderner Schlichtheit, dass es fast schon kalt wirkte. Nur überkorrekt gestutzte Buchsbäume lockerten die Atmosphäre minimalistisch auf.

Sie schluckte. Zum Glück hatte ihre beste Freundin Jessica sie zu Kleid und Handtasche überredet. Der luftige Stoff und das zartlila Blumenmuster wollten zwar nicht so ganz zu den Temperaturen passen. Aber in ihren üblichen Jeans und T-Shirt wäre sie sich hier völlig fehl am Platz vorgekommen.

Sie atmete einmal tief durch, straffte ihre Schultern und drückte den Klingelknopf.

Die Anspannung blieb, selbst, als sie in den Aufzug stieg.

Dessen äußere Wand war aus Glas und bot einen atemberaubenden Blick über die Stadt, die unter einer tiefhängenden Wolkenschicht begraben lag.

Sie dachte erneut an Weiß und seine Wetterfähigkeit. Was die wohl bewirken konnte?

Nicht jetzt.

Aber sofort wanderten ihre Gedanken zurück ins Auto.

Der Fahrer hatte die Nachrichten angeschaltet. Es ging um irgendeine Evakuierung an der Küste, wegen einer möglichen Flutwelle. Von ihrem Aufruf, in dem sie angeboten hatte, anderen Menschen mit besonderen Fähigkeiten zu helfen, war schon länger nichts mehr zu hören. Überhaupt hatte die Bevölkerung die *Ankunft der Superhelden* sehr gefasst aufgenommen. Wahrscheinlich deshalb, weil niemand es so *wirklich* glauben wollte.

Frauen in Latexanzügen, die sich unsichtbar machen konnten, feuerwerfende Typen in Lederjacken, das war eher Stoff für die Boulevardpresse oder für die Foren der Verschwörungstheoretiker. Dort tauchte sie auf, gleich neben Loch Ness und der jüngsten UFO-Sichtung.

Schluss.

Sie strich sich eine Haarsträhne hinter das Ohr und zog das geblümte Kleid zurecht. Dreimal hatte Anja versucht, sich einen passenden, französischen Zopf zu flechten und war kläglich gescheitert, weil ihre Finger gezittert hatten.

Blödsinn, es gab überhaupt keinen Grund nervös zu sein. Ben mochte sie, das hatte er wiederholt gezeigt. Sie lächelte bei der Erinnerung. Vielleicht war es gerade das, was ihre Gedanken zum Kreisen brachte.

Es war das erste Mal, dass sie Bens Wohnung betreten würde. Ihr Herz trommelte einen unruhigen Rhythmus gegen ihr Brustbein. Wie sein Zuhause wohl aussehen würde?

***

Die Wohnungstür war weiß lackiert und ihre Knöchel schwebten einen endlosen Augenblick in der Luft, bevor sie endlich klopfte.

Ein Herzschlag. Zwei, drei, vier, fünf, sechs.

Sechs Ewigkeiten. Dann ging die Tür auf und alle Anspannung fiel von ihr ab, als sie in seinen schokoladenfarbenen Augen ertrank.

»Hi.« Zumindest hoffte sie, dass sie das Wort laut ausgesprochen hatte.

Er lächelte ein breites, freundliches Lächeln. »Komm doch rein.«

Anja traute ihren Augen nicht, als sie bemerkte, dass er in dunklen Jeans vor ihr stand. Das schwarze T-Shirt mit den weißen Streifen an der Schulter entblößte schlanke, muskulöse Oberarme mit dunklem Flaum Richtung Handgelenke.

Ben machte ihr Platz und Anja schob sich mit einem unsicheren Seitenblick an ihm vorbei in die Wohnung.

Bisher kannte sie ihn nur im förmlichen Anzug mit Krawatte, das hier war eine absolute Kuriosität. Wäre sie wohl doch besser im Kapuzenpullover mit dem fluffigen blauen Monster gekommen.

Sie blickte sich um und hatte sofort das Gefühl, als würde sie sich in der Weite der Wohnung verlieren. Schwarze Marmorböden, weiße Wände, hohe Fenster. Schlanke, glatte Möbel und ein riesiges, expressionistisches Bild mit viel Grün und Rot. Das einzige, was nicht funktional war, schienen die riesigen Grünpflanzen mit den dicken, gelöcherten Blättern zu sein.

»Das sind Anthurien«, teilte Ben ihr mit, als er ihr Interesse bemerkte.

»Es sieht ein bisschen aus wie in deinem Büro.«

Effizient, sauber, aufgeräumt.

»Ich mag es schlicht.«

Trotzdem wirkte die Wohnung nicht unpersönlich. Anja konnte spüren, dass hier jemand lebte und sich wohl fühlte. Allerdings war sie sich nicht sicher, ob sie hier jemals hineinpassen könnte.

Sie dachte an das Chaos in ihrer eigenen Wohnung. Da fühlte *sie* sich wohl. Sie zupfte an einer Falte ihres Kleides.

Vor der Fensterwand war ein Tisch gedeckt wie in einem Restaurant. Weiße Teller, blutrote Kerzen, eine einzelne Rose, schlanke Gläser, kunstvoll gefaltete Servietten.

Ben beobachtete sie und wartete offensichtlich auf eine Reaktion.

Anja schluckte. »Wow.«

»Gefällt es dir?«

»Klar. Sieht toll aus.« Irgendetwas war seltsam. Die Stimmung war … kühl.

»Hast du Hunger?«

Nicht im Mindesten. »Sicher.«

»Warte, ich decke auf. Du kannst dich schon einmal setzen.«

»Ich würde lieber zuschauen.«

Sie verspürte nicht die geringste Lust, alleine an dem Tisch zu hocken und Löcher in die Luft zu starren.

»Okay.«

Links öffnete sich der Raum in eine Küche mit einer Kochinsel in der Mitte. Sie folgte ihm zum Herd und sah zu, wie er Fleisch und Gemüsereis aus dem Ofen holte und schließlich mit etwas Salat kunstvoll auf den Tellern drapierte.

»Du hast dir ganz schön viel Arbeit gemacht.«

»Ich habe ja auch besonderen Besuch.« Er lächelte sie an und Anjas Puls erwachte wieder zu galoppierendem Leben. Sie war so froh, bei ihm zu sein. Es fühlte sich an wie nach Hause kommen. Sie war gerne bei ihm. Egal, ob in Büros, Cafeterias oder in kühlen Wohnungen mit himmelhohen Decken.

Und das lag nicht nur daran, dass sie zurzeit im Deepstone Firmengebäude übernachtete, weil sie nicht in ihre Wohnung konnte, ohne sich Sorgen über irgendwelche Sammler machen zu müssen.

»Allerdings muss ich zugeben, dass ich das nicht selbst gekocht habe.«

Anja zog überrascht die Brauen hoch. »Nicht?«

»Ich kann Rührei. Das war's.« Damit pflückte er noch ein Petersilienröschen aus einem Kräutertopf und setzte es auf die Mahlzeit.

»Und wer hat dann gekocht?«

»Ein Sternekoch.«

»Du hast extra jemanden kommen lassen?«

»Sicher. Schließlich wollte ich dich beeindrucken und nicht vergiften.« Wieder ein Lächeln. Aber ein leises Unbehagen kitzelte unter ihrer Haut. Das war sicher Einbildung. Oder vielleicht hatte er einfach nur Sorge, dass ihr das Date nicht gefiel. Vielleicht war er ja genauso nervös wie sie selber. »Ich kann auch nicht kochen. Das Einzige, was *ich* hervorragend kann, ist Fertigpizza.«

Er lachte, doch die Anspannung kratzte mit spitzen Fingern ihre Arme hinauf. »Die kriege ich auch noch hin.«

»Und was gibt's zum Nachtisch?« Irgendwie musste sie ihn doch aus der Reserve locken.

»Du bist aber gar nicht neugierig.«

»Nie.« Anja grinste.

»Das wird nicht verraten. Erst genießen wir das hier.« Er nickte zu dem dampfenden Fleisch und transportierte die Teller hinüber zum Tisch. Anja beobachtete seine geschmeidigen Bewegungen und fragte sich, welchen Sport er wohl trieb. Erst jetzt fiel ihr auf, dass sie sich gar nicht richtig begrüßt hatten. Kein Händeschütteln, keine Umarmung, kein Kuss.

Was war hier los?

Ben zog ihren Stuhl nach hinten und machte einen kleinen Diener. »Wenn ich bitten darf.«

Anja lächelte und machte einen kleinen Knicks. »Zu gnädig, der Herr.«

Während sie sich setzte, schob er den Stuhl an.

»Darf ich Ihre Handtasche verwahren?«

»Ich wäre Ihnen zu Dank verpflichtet.«

Wenigstens taute er ein bisschen auf. Er nahm die kleine grüne Tasche mit der goldenen Kette, brachte sie zur Garderobe und legte sie in eine Schublade. Erst dann setzte er sich ihr gegenüber hin.

»Ich wünsche Ihnen einen guten Appetit.«

Anja lachte leise und begann zu essen. Sie überlegte, worüber sie sprechen konnten. Warum hatte sie sich vorher keinen Plan gemacht?

Ein Essen bei Ben. Das hatte so einfach geklungen, so entspannt, so … gut. Aber schon seit sie die Wohnung betreten hatte, war irgendetwas völlig falsch gelaufen. Hatte sie ihn verschreckt? Sie ging in Gedanken alles noch einmal durch. Aber sie konnte sich nicht entsinnen, etwas falsch gemacht zu haben.

Das Fleisch schmeckte würzig und zart. Der Reis hatte eine süßliche Note und neben Möhren und Pistazien fand sie auch kleine, schrumpelige Dinger, die ein bisschen an rötliche Rosinen erinnerten und dem Ganzen einen interessanten säuerlichen Unterton gaben.

»Was ist das?«, fragte Anja schließlich. Hauptsächlich, um die Stille zu durchbrechen.

»Berberitze.«

Sie wartete einen Moment, aber er blieb still. »Schmeckt auf jeden Fall lecker.«

Ben nickte nur.

Sollte sie ihn darauf ansprechen?

Anja schob sich etwas Salat in den Mund, auch der schmeckte herrlich, ein klein bisschen scharf, ein klein bisschen sämig, ein klein bisschen süß. Am liebsten hätte sie sich hineingesetzt. Sie fragte nicht, woraus er gemacht war.

Das Klacken von Messer und Gabel gegen weißes Porzellan und das leise Plätschern, als Ben ihr ein Glas Wein einschüttete, waren die einzigen Geräusche.

Sie hatte genickt, als er gefragt hatte. Dabei wollte sie gar keinen Wein. Sie wollte lieber wissen, was los war.

»Welchen Sport machst du?«, stellte sie schließlich ihre Frage von vorhin.

»Kung-Fu.«

Schweigen.

Was soll das?

»Und wie lange schon?«

Er überlegte kurz. »Mehr als zwölf Jahre.«

Schweigen.

Anja rutschte unruhig auf ihrem Stuhl hin und her. Aber das schien er nicht einmal zu bemerken.

Das war genug. Anja räusperte sich. »Alles in Ordnung?«, fragte sie.

Blinzelnd sah er hoch und schien endlich aufzuwachen. »Sicher.« Er richtete sich auf. »Sicher, ich war nur in Gedanken.« Mit einem Nicken deutete er zu ihrem Glas hinüber, das sie nicht angerührt hatte. »Schmeckt dir der Wein nicht?«

»Ich mag keinen Wein.« Sie rieb sich verlegen über die Arme.

»Oh. Das tut mir leid.«

Dann war er wieder still. Anja hielt es nicht länger aus und stand auf. Sofort erhob sich auch Ben.

»Ich … wo ist denn die Toilette?«

Er deutete auf eine schneeweiße Türe. »Dort.«

Anja nickte und beeilte sich, ins Badezimmer zu kommen.

Glasbausteine trennten eine ebenerdige Dusche vom Rest des Zimmers ab. Weiße Kacheln. Weißes Waschbecken. Silberne Armaturen. Und ein riesiger, blank polierter Spiegel.

Einen Augenblick lang fragte sie sich, wo er seine Zahnbürste versteckte, denn nichts verriet, dass hier irgendjemand wohnte.

Was war nur los mit ihm?

Anja drehte den Wasserhahn auf, damit es wenigstens so klang, als hätte sie einen Grund gehabt, ins Bad zu gehen. Wieso hatte er sie eingeladen, wenn er doch nicht mit ihr sprechen wollte?

Vielleicht hatte er doch kein Interesse an ihr?

Aber das machte keinen Sinn. Sie *wusste*, dass er sie mochte. Offensichtlich war sie da nicht mal die Einzige. Und wieso hätte er sich sonst so viel Mühe mit dem Essen machen sollen, selbst wenn er es *nur* bestellt hatte.

Man lässt doch keinen Sternekoch kommen, wenn man jemanden abservieren möchte, oder?

Auf jeden Fall machte das hier überhaupt keinen Spaß. Sie hatte sich auf einen netten Nachmittag gefreut, auf ein wenigstens halbwegs passables Essen, auf eine freundliche Unterhaltung und allermindestens auf einen – interessanten Abschiedskuss. Aber das hier, das war einfach nur grausam.

Sie fühlte sich, als würde sie die ganze Zeit mit einer Schaufensterpuppe am Tisch sitzen. Nicht mit ihrem Held in schimmernder Rüstung.

Das musste ein Ende haben. Entweder er rückte langsam mit der Sprache raus oder sie musste andere Geschütze auffahren. *So* war die Sache einfach unerträglich.

Sie drehte den Hahn zu und öffnete entschlossen die Badezimmertür.

WAHRHEIT

Das Bild, das sich ihr bot, ließ ihr das Blut in den Adern gefrieren.

Ben stand an der hohen Fensterwand und hatte das Gesicht in seine linke Hand gelegt. Für einen Augenblick hätte sie schwören können, dass er weinte. Aber das passte überhaupt nicht zu ihm. Und als er aufblickte, waren seine Augen trocken.

Sie trat zu ihm, ihre Vorsätze waren verflogen. Stattdessen hielt sie einmal in ihrem Leben den Mund und nahm seine Hand in ihre.

Mit einem tiefen Seufzer blickte er nach draußen. Regentropfen begannen leise gegen die Scheibe zu klopfen.

»Es tut mir leid«, sagte er schließlich in die Stille.

»Nichts muss dir leidtun.«

»Doch. Das sollte ein romantischer Nachmittag werden, ein entspanntes Zusammensein. Wenigstens einmal, ohne …« Er verstummte.

Anja schluckte. Was immer es war, das ihn belastete, es war keine Kleinigkeit. Konnte es mit Weiß zu tun haben? Mit Sammlern? War jemand gestorben?

Es brauchte all ihre Willenskraft, um ihn nicht mit Fragen zu bombardieren. Sie spürte, dass er von alleine die Kraft finden musste, *es* auszusprechen. Was auch immer *es* war.

»Ich dürfte es dir gar nicht sagen.«

Am liebsten hätte sie ihn an den Schultern gepackt und geschüttelt.

»Und doch … ich hätte es dir schon so viel früher sagen sollen.«

Um Gottes Willen, was denn?

»Ich …« Schon wieder brach er ab, es war zum Verzweifeln.

»Was ist denn los? Ist irgendjemand gestorben?«

»Noch nicht.«

Noch nicht?

»Aber es wird wahrscheinlich bald dazu kommen. Nicht wahrscheinlich. Bestimmt.«

Anja wurde ganz mulmig im Bauch und das Gefühl wand sich langsam ihre Speiseröhre empor.

»Hast du von dem Asteroiden in den Nachrichten gehört?«

Anja nickte. »Und die Nationale Weltraum Administration wollte darauf landen, glaube ich.«

Er nickte. »Genau. Allerdings ist das nicht die ganze Geschichte.«

Das mulmige Gefühl hatte sich in eine dicke, schaumige Substanz verwandelt und verengte ihren Hals.

»Die Berichte sind so widersprüchlich, weil man immer noch versucht, das Ganze geheim zu halten.«

»Was geheim halten?« Ihre Stimme war kaum mehr ein Flüstern.

»Wir waren in Sicherheit. Der Asteroid hätte die Erde verfehlen sollen. Die NWA wollte mit einer Robotersonde darauf landen und damit einen mehrere Tonnen schweren Teil abbrechen. Der sollte dann zur näheren Untersuchung in eine Mondumlaufbahn gebracht werden.«

»Das klingt ziemlich verrückt. Und gefährlich.« In ihrem Unterbewusstsein flüsterte eine Erkenntnis, die Anja so schnell wie möglich beiseiteschob.

Ben schüttelte den Kopf. »Der Asteroid war auf seinem ursprünglichen Pfad nicht gefährlich. Und der Teil, der abgespalten werden sollte, war nicht groß genug, um bedrohlich zu sein. Selbst wenn etwas schiefgegangen wäre, dann wäre er in unserer Atmosphäre verglüht.«

»Wäre?« Er sprach im Konjunktiv. Wieso sprach er im Konjunktiv? Die Erkenntnis in ihrem Unterbewusstsein versuchte, sich lauter Gehör zu verschaffen.

»Bitte, Ben, was ist los?« Das ahnungsvolle Flüstern wurde lauter und prickelte unter ihrer Haut. Aber sie wollte es gar nicht wissen, wollte es nicht wahrhaben. Trotzdem, egal was es war, es *musste* besser sein als das, was sich den Weg an die Oberfläche ihres Bewusstseins freikämpfen wollte.

»Es ist immer noch nicht klar, wieso, wir nehmen an, dass die Sonde eine Fehlfunktion hatte …« Er schloss die Augen und Anjas Herz setzte einen vollen Schlag aus.

»Der Asteroid wird die Erde treffen.«

Wie eine eitrige Blase platzte die Erkenntnis in ihrer Seele, die schon die ganze Zeit unter der Oberfläche geschwelt hatte. Und dann begann Anjas Puls den rasantesten Galopp ihres Lebens. Das konnte nicht sein. Das durfte nicht sein. Ihre Gedanken stoben in sämtliche Richtungen davon. »Aber das ist nicht so schlimm, richtig? Du hast doch gesagt, sie wollten nur einen kleinen Teil abspalten. Er verglüht, richtig? Er verglüht!« Das war keine Frage, sondern ein Flehen. Sie durfte nicht recht haben, sie musste falsch liegen.

»Das ist schon richtig, aber die Abspaltung hat nie stattgefunden. Der gesamte Asteroid befindet sich auf Kurs zur Erde.«

Anjas Herz färbte sich schwarz, verwandelte sich in kalten Stein und fiel in die unendliche Schwärze ihrer Seele.

»Nein«, flüsterte die Leere in ihrer Brust.

Wie durch einen dicken Nebel hörte sie Ben weitersprechen. »Die Regierungen versuchen schon seit Bekanntwerden der Gefahr, ihn wieder abzulenken. Deepstone ist nur eine von vielen Firmen, die beauftragt wurden, nach einer Lösung zu suchen.« Dumpfes, fernes

Murmeln. »Aber alle bisherigen Versuche sind fehlgeschlagen.« Ein Echo in der Dunkelheit. »Der Kontakt zu der Sonde ist abgebrochen. Und wir haben den Point of no Return überschritten.«

Dieser Satz riss sie aus ihrer Apathie heraus. »Was heißt das?« Aber sie wusste nur zu genau, was das bedeutete. Es hieß, dass er bereits zu dicht dran war. Es hieß, dass es auf der ganzen Welt nichts gab, das ihn jetzt noch aufhalten konnte.

»Die Erde wird auf jeden Fall getroffen«, sagte Ben.

»Aber der Asteroid ist klein, richtig?« Sie klammerte sich an Strohhalme. Er *konnte* gar nicht klein sein, sonst hätten sie wohl nicht versucht, etwas abzuspalten. Aber vielleicht war es nicht allzu schlimm, vielleicht …

»Er ist riesig. Wenn die Berechnungen stimmen, dann wird er in etwa dieselben Auswirkungen haben wie der Asteroid, der damals die Dinosaurier ausgelöscht hat.«

»Was heißt, wenn die Berechnungen stimmen?« Es war, als brauchte ihr Verstand unbedingt die Bestätigung von außen. Als wollte er absolut und überhaupt nicht wahrhaben, was aber unausweichlich schien.

»Da er seine Umlaufbahn auf ungeklärte Weise geändert hat, sind wir uns bei nichts mehr wirklich sicher … Anja, ich …«

Plötzlich schlossen sich seine Arme um sie.

Stark und fest und Anja spürte nichts.

Ihr Verstand schwebte in einer abgestorbenen Hülle über dem unendlichen Meer aus Finsternis und tödlicher Gewissheit.

»Die Menschheit wird komplett ausgelöscht?«, fragte sie schließlich.

»Nein.« Er grub seine Nase in ihr Haar. »Versteh mich nicht falsch, es wird schlimm. Ein riesiger Krater, Hitzewelle, Erdbeben jenseits von allem, was bisher gemessen wurde.«

Anjas Lippen formten stumme Worte.

»Und da hört es nicht auf. Vulkanausbrüche, Ascheregen, eventuell sogar Flutwellen … danach ist nichts mehr, wie es war.«

Anja hielt die Luft an.

»Wie gesagt, es wurde schon Einiges versucht. Deepstone arbeitet da schon seit Monaten dran. Deshalb war ich auch so … eingespannt. Und wir geben noch nicht auf. Die NWA wird einen Nuklearangriff von einer geheimen Abwehrstation aus starten, sobald er die entsprechende Entfernung erreicht. Im besten Fall pulverisieren wir ihn so weit, dass seine Überreste in der Atmosphäre verglühen.«

Aber die Chancen sind gering, schwang in seiner Stimme mit. »Im schlechtesten Fall wird ein noch größerer Teil der Erde von den Auswirkungen betroffen sein.«

»Im schlimmsten Fall. Ja.«

»Warum wurde die Bevölkerung noch nicht informiert?«

»Zum einen waren wir zuversichtlich, dass wir ihn erfolgreich ablenken können. Zum anderen … wir sind nicht sicher, ob die Zeit reichen wird, um alle zu retten.« Er schwieg und Anja schmeckte seine Bitterkeit in der Stille. »Deshalb hat die Regierung beschlossen, mit subtilen Evakuierungsmaßnahmen zu beginnen.«

Anja dachte an die Nachrichten und die angeblich drohende Flutkatastrophe. Dann traf es Anja wie ein Schlag. »Was ist mit Weiß? Hat er damit etwas zu tun?« Das konnte doch sein. *Unerklärliche Kursänderung? Vielleicht war das der große Plan, für den sich Sam bei ihm eingeschlichen hatte.*

Die Gedanken drehten sich in ihrem Kopf wie ein Kinderkarussell auf Speed.

»Vielleicht. Wir wissen es nicht. Seine Firma hat tatsächlich das Antriebsmodul der Sonde hergestellt. Und er hat jede Gelegenheit genutzt, um darauf hinzuweisen, dass diese Situation die absolute Notwendigkeit beweist, seine verrückten Weltraumaufzüge zu bauen.«

»Weltraumaufzüge? Die langen Seile aus Kohlenstoffnanoröhren, an deren Ende dann eine Plattform schwebt? Ich dachte, es wäre noch kein zusammenhängendes Stück produziert worden, das länger als 90 Zentimeter ist?«

»Ich glaube, er forschte an einem anderen Material. Graphen. Er ist fest davon überzeugt, dass Weltraumlifts für uns die Zukunft sind. Ein einfacher Zugang zum Weltraum und zur Forschung an sich. Aber was hätte er davon, einen Asteroiden auf die Erde zu lenken? Was würde er damit erreichen?« Ben sah ihr in die Augen, ohne sie loszulassen. »Wenn er damit irgendwen erpressen wollte, hätte er das machen müssen, bevor der Point of no Return erreicht war. Jetzt hat er doch kein Druckmittel mehr in der Hand.«

Nur ganz langsam ließ die Taubheit in ihrem Kopf nach. »Und was passiert jetzt?«, fragte Anja.

»Wie gesagt, einen großen Radikalschlag haben wir noch. Es hat länger gedauert als geplant, ihn umzusetzen, weil wir auf so ein Desaster einfach nicht wirklich vorbereitet sind. Und weil die Zusammenarbeit der Länder nicht ganz … reibungslos verlaufen ist. Aber er wird stattfinden. Außerdem sind Evakuierungsmaßnahmen für die wahrscheinlich betroffenen Gebiete bereits eingeleitet. Nahrungsvorräte werden angelegt … Alles, was wir eben tun können.«

»Und was wird aus den Menschen, die nicht evakuiert werden können?«, fragte Anja unvermittelt. Die Schwachen, die Kranken, diejenigen, die einfach nicht gehen wollen?

»Sie sterben.« Ein Fakt. Simpel, kalt und wahr.

Aber seine Stimme brach und sie wusste, wie sehr es ihn treffen musste.

Er hatte selbst eine Familie und er musste wissen, was es bedeutete, sie zu verlieren.

Trotzdem, wenigstens gab es einen Plan. Ein Stückchen Zukunft. Nicht ganz das Ende.

»Und wo wird er einschlagen?«

»Hier.«

»Bei uns?« Anja starrte ihn an.

»Nicht ganz genau hier, aber in etwa.« Ben nickte.

»Und wann?«

»Genau zwei Wochen.« Er seufzte.

Zwei Wochen!

»Die Ankündigung ist bereits geplant … ich … es tut mir leid, dass ich überhaupt davon angefangen habe.«

So viele Fragen blieben übrig. So viele Dinge zu besprechen, aber Anjas Kopf war immer noch völlig überfordert von dieser Neuigkeit. Da, wo die Taubheit aufhörte, fing die Verwirrung an.

Die Erde wird von einem Asteroiden getroffen, ganz real, und vielleicht gibt es eine neue Eiszeit und …

Sie konnte absolut nicht begreifen, was das für sie und für die Zukunft der ganzen Welt bedeutete.

»Ich weiß, das ist schwer zu begreifen. Für mich ist es immer noch schwer und ich weiß es schon so lange.«

»Seit wann?«

»Bevor wir uns das erste Mal begegnet sind.«

»Warum hast du es mir nicht früher gesagt?«

Er zog sie wieder dichter an sich, als wollte er verhindern, dass sie sich plötzlich herumdrehte und das Weite suchte. »Zunächst einmal gibt es so etwas wie eine Geheimhaltungsklausel, die ich gerade in diesem Augenblick gebrochen habe. Was mir unglaublich schwergefallen ist. Auch wenn gewisse Menschen damit weniger Probleme haben.«

Anja dachte daran, wie oft sie ihre eigene Geheimhaltungsvereinbarung gebrochen hatte. Allerdings meistens eher unfreiwillig.

Er sah ihr fest in die Augen. »Diesmal ist es wirklich ernst. Du darfst es niemandem erzählen. Nicht einmal Jessica.«

Anja spürte seine Anspannung in den Muskeln, die sich gegen ihren Körper drückten. Fühlte zum ersten Mal wirklich seine Nähe und wie schwer es ihm gefallen sein musste, sein Wort zu brechen.

»Außerdem habe ich immer noch gehofft, dass wir die Gefahr abwenden könnten und es gar nicht nötig sein würde, darüber zu reden.«

Anja legte ihre Arme auf seine Brust, um sich zu ankern. Um nicht plötzlich abzustürzen und in das Nichts zu gleiten, das sich unter ihr aufgetan hatte. »Und was hat sich jetzt geändert?«

»Ich wollte, dass du es von *mir* erfährst und nicht aus der Presse. Auch wenn ich mir gewünscht hätte, dass wir vorher noch ein ruhiges, entspanntes Essen hätten genießen können. Wenigstens eins. Es tut mir leid …«

Anja hob ihren Kopf. Sie wollte ihn trösten. Sie fühlte sich selbst verlassen und wie der letzte Mensch auf der Erde, und trotzdem war das Einzige, an das sie denken konnte, dass sie Ben trösten wollte.

***

Sein Bettzeug war so weiß wie eine Wolke und genauso weich.

Er lag hinter ihr, hatte die Arme um ihre Taille gelegt und das Gesicht in ihrem Nacken vergraben.

Jeans und T-Shirt und Kleid. Alles war noch genau da, wo es hingehörte.

Darum ging es nicht.

Am liebsten wäre sie tief in ihn hineingekrochen und hätte sich dort vor der Realität versteckt.

Aber das war unmöglich. Also klammerte sie sich an seinen Händen fest, um nicht den Halt zu verlieren, spürte seinen rhythmischen Atem in ihrem Nacken und hielt sich an seiner Wärme fest wie ein Ertrinkender an einem Rettungsring.

Das half tatsächlich ein wenig.

Die Zukunft blieb dunkel und unnahbar und verzweifelt.

Aber da wuchs etwas in ihr.

Seine Wärme hatte ein Licht in ihr entfacht – nur einen winzigen Punkt. Noch schwach und kaum erkennbar. Aber mit der Zeit würde er größer werden, das wusste sie. Er würde den Kampf aufnehmen gegen die Finsternis und er würde gewinnen.

Er musste einfach.

GRETA

Zur selben Zeit in einem Bunker unter dem Wüstensand.

Summen.

Ständiges, ungleichmäßiges, wirres, flirrendes Summen.

Greta unterdrückte das Verlangen, sich die Hände auf die Ohren zu pressen.

Es würde nichts nützen.

Sie war nicht allein. Selbst nicht in diesem Bunker am Ende der Welt. Nie.

Schon seit Jahren nicht.

Am Anfang war es noch viel schlimmer gewesen. Sie hatte es kaum ertragen, wäre fast verrückt geworden.

Erst als Matt sie gefunden hatte, war es besser geworden. Er hatte ihr beigebracht, sich zu konzentrieren.

Vorher waren es Rockkonzerte gewesen. Jeder Mensch trug sein eigenes, privates Heavy Metal Hard Rock Konzert mit sich herum und blasterte in jeder Sekunde Millionen von Gedanken in die Welt hinaus.

Ich muss noch einkaufen. Vielleicht ziehe ich die blaue Bluse an. Gerry hat gesagt, ich sehe darin fett aus. Vielleicht lieber den schwarzen Sweater. Schwarz macht schlank. Ich muss abnehmen. Im Fernsehen hab ich diesen Fitnessguru gesehen. 25 Pfund in zwei Wochen. Ob das gesund ist? Fisch. Ich muss Fisch kaufen. Tante Erna kommt zu Besuch. Keine Forelle also. Aber Lachs in Sahnesauce. Ohne Laktose, wenn Gerry kommt.

Hat Gerry morgen frei? Vielleicht sollte ich eine neue Bluse kaufen. Und auf dem Weg bei der Post vorbeigehen.

Und das war nur *ein* Gedankengang, von *einer* Person, in weniger als einer Sekunde.

Aber Greta hatte bei ihrer Familie in der Stadt gewohnt. Als es angefangen hatte, waren es nicht nur die Gedanken ihrer Schwester und ihrer Mutter gewesen, die in voller Lautstärke auf sie einstürzten, sondern schon nach wenigen Stunden waren es tausende von Gedankenströmen gewesen.

Ströme.

Bei dem Wort musste sie *immer* den Kopf schütteln.

Wie konnte man Gedanken als Ströme bezeichnen? Das suggerierte doch irgendeine Form von Ordnung, eine Richtung, etwas Gleichmäßiges, Fortlaufendes.

Dabei waren sie eher wie Irrlichter, wankelmütig und sprunghaft. Mal hier, mal dort und doch irgendwie überall zur gleichen Zeit. Gerade noch beim Mittagessen, dann in irgendeiner Fernsehshow und schon wieder bei einer anderen Trivialität.

Hintergrundrauschen. Sie wünschte sich, es wäre wirklich so einfach. Aber es war viel lauter und betäubender als alles, was sich normale Menschen darunter vorstellen konnten. Billionen Irrlichter von Milliarden Menschen, gefangen unter einer Glasglocke und sie saß irgendwo in der Mitte – gefangen – einsam in den unendlichen Schwärmen aus Chaos und huschenden Schatten.

Hintergrundrauschen. In gewissem Sinne konnte man es wohl so nennen, sonst hätte sie das niemals so beschreiben können.

Noch ein Nachteil ihrer Fähigkeit. Neben den Kopfschmerzen und der ständigen Verwirrung konnte sie nur die Wahrheit sagen. Sie konnte zwar *versuchen,* einen Weg um sie herum zu finden, aber eine echte Lüge war ihr schon seit Ewigkeiten nicht mehr gelungen.

Was wahrscheinlich daran lag, dass sie ständig im Kopf ihres Gegenübers steckte. Oder vielleicht auch nicht. Es fiel ihr in letzter Zeit immer schwerer, zusammenhängende, eigene Gedanken zu formulieren. Das hatte sich auch bei ihrer tollen *Mission* gezeigt. Sie hatte diese Anja aushorchen sollen, herausfinden, ob eine Möglichkeit bestand, sie auf ihre Seite zu ziehen – zumindest für die Zeit bis … Und Matt wollte vor allem wissen, ob Anja vielleicht noch Zugang zu anderen Fähigkeiten hatte.

Gebracht hatte das alles so gut wie nichts.

Matt war ziemlich ungehalten gewesen.

Sie war selbst sehr ungehalten gewesen, hätte sich am liebsten die Finger um den Hals gelegt und zugedrückt, bis sie aufhörte zu atmen. Sie wollte keine Gedankenleserin sein. Nein. Um keinen Preis.

Obwohl … das waren wohl eher Matts Gedanken gewesen.

Es war so verwirrend. Nie zu wissen, in wessen Kopf sie gerade wirklich steckte.

Nur durch Matt war das Rauschen wirklich ein Rauschen geworden. Am Anfang. Sodass man das, was übrig blieb und was sie hörte, tatsächlich als Strom bezeichnen konnte. Den Teil, der ausformuliert wurde und der kurz davor war, sich in Sprache zu verwandeln. Sie musste nicht mehr jeden winzigen Gedankensprung in ihrem Innern hören. Sie konnte wählen, was wichtig war. Meistens.

Vielleicht war diese Auswahlmöglichkeit auch nur die natürliche Entwicklung der Fähigkeit. Matt sagte das auch. Oder hatte er es nur gedacht?

Es war egal.

Einen großen Teil ihrer Fähigkeit hatte sie durch ihn besser unter Kontrolle. Wenn sich das in letzter Zeit wieder änderte, war das nicht seine Schuld.

Sie rieb sich das Gesicht.

Beton, Beton, Beton.

Sie hatte einfach nur genug von diesem dummen Bunker.

Wenigstens war es bald vorbei.

Sie hatte keine Angst davor.

Im Gegenteil. Es bedeutete Fortschritt, es war für einen guten Zweck.

Und immerhin würde *sie* dabei nicht sterben.

Sie wünschte Matt sogar Erfolg.

Was wogen schon ein paar Leben gegen die Rettung der gesamten Welt?

Natürlich war *ein paar* immer relativ.

Um die schnelle Tina tat es ihr zum Beispiel leid und auch der starke Bill war in Ordnung. Sie mochte beide. Besonders Evelyn dachte nicht so viel wie die meisten Menschen. Das hieß nicht, dass sie dumm war, eben nur einfacher.

Um Sam hätte es ihr aber noch viel mehr leidgetan. Das Hintergrundrauschen begann in warmem, rotem Licht zu glühen, als sie an ihn dachte. Aber ihn hatte sie bereits gerettet. Er war entkommen, und wenn er nur ein bisschen Grips besaß, dann würde er das Ganze überleben.

Tina und Bill hatten nicht so viel Glück. Sie würden heute noch sterben.

Der Plan ging in die heiße Phase und Matt wollte schon lange ihre Fähigkeiten. Außerdem waren der Bunker und die Vorräte nicht groß genug, um sie alle zu versorgen.

Greta hatte keine Angst.

Sie würde er nicht umbringen. Er wusste, wie viel Kraft sie ihre Fähigkeit kostete und der Teil mit dem Nicht-lügen-Können kam ihm mehr als ungelegen. Nein, er würde sie nicht töten, denn er wollte ihre Fähigkeiten nicht. Aber er konnte sie natürlich auch nicht unbeaufsichtigt lassen und Gefahr laufen, dass sie die Seiten wechselte. Sam hatte ihn bereits betrogen. Offensichtlich war Matt nicht ganz so clever, wie er sich vorkam. Oder hatte Greta das selber vermutet? Oder der starke Bill?

Am schlimmsten wäre natürlich, wenn ihre Fähigkeit des Gedankenlesens in falsche Hände geraten würde. Wenn die Wahrheit zu früh ans Licht käme.

Deshalb würde Matt sie in ein Koma versetzen. Es wäre nicht ihr Ende, nur ein kleiner Schlaf. Und wenn alles schiefliefe, dann würde sie einfach nicht mehr aufwachen. In Anbetracht der nahenden Zukunft vielleicht nicht das schlechteste Ende.

Ein dumpfer Schrei.

Natürlich konnte sie durch die dicken Wände nichts hören. Er kam aus ihrem Kopf. Aus Matts Gedanken oder aus Tinas Kopf, das konnte sie nicht sagen.

Dann schmierten Tinas Gedanken ab, fingen an zu lallen, drehten sich in Kreisen, wanden sich als Schlangen, umeinander und faserten auf. Verloren sich in der Dunkelheit und verstummten.

Tod war eine verwirrende und einsame Sache.

Stumme Tränen rannen über Gretas Wangen.

Es ist für einen guten Zweck. Die Erde wird am Ende ein besserer Ort sein, wenn die Menschen erkennen, was sie hätten verlieren können. Wenn sie endlich beginnen, mit vollen Händen nach den Sternen zu greifen und zu all dem zu werden, was sie sein könnten.

Sie war sich nicht sicher, ob das wirklich ihre Gedanken waren oder seine. Aber das war nicht wichtig, denn sie fühlten sich wahr und richtig an.

Es gab immer einen Preis. Aber auch wenn er hoch war, der Zweck heiligt die Mittel. Oder?

Sicher.

Sie suchte nach Bill.

Ein Steak. Sie hätte jetzt unheimlich gerne ein Steak. Blutig und saftig mit viel scharfer Sauce.

Sie brauchte einen langen Augenblick, um zu erkennen, dass das nicht ihr Wunsch war, sondern Bills. Sie mochte gar kein Steak, schon gar nicht blutig. Trotzdem lief ihr das Wasser im Mund zusammen.

Bills Ende war viel kürzer.

Steak, Sauce, Nichts.

Greta wischte sich über das Gesicht, Tränen benetzten ihre Finger. Sie war als Nächstes dran. Er war schon unterwegs, schon ganz nah.

Er stand in der Tür, groß und grau. Seine Goldrandbrille funkelte im Neonlicht, genau wie die silberne Nadelspitze.

»Es ist so weit«, sagte er, ohne die Lippen zu bewegen.

»Ich weiß«, antwortete Greta und schob ihren Ärmel hoch.

Er hockte sich schweigend neben sie, während sich in seinem Kopf der gesamte Plan ausbreitete, mit dem er gedachte, die Welt vor dem Untergang zu bewahren, und injizierte das Mittel.

Das Leben verschwamm vor Gretas Augen wie das Licht.

ERWACHEN

Noch 13 Tage.

Als sie aufwachte, roch es nach frischem Kaffee. Anja streckte sich und wartete darauf, dass Jack sich vom Schrank auf die Bettdecke warf. Dann fiel ihr ein, dass Jack ja bei ihrem Vater war, weil sie momentan bei Deepstone ihre Zelte aufgeschlagen hatte.

Sie hatte überhaupt keine Lust, ihre Augen zu öffnen, sich in dem kleinen, kalten Zimmer wiederzufinden.

Aber warum roch es nach Kaffee?

Karl war so früh morgens sicher noch nicht auf den Beinen. Der Systemadministrator mit dem geflochtenen Bärtchen kam gewöhnlich erst später und schüttete sicher keinen Kaffee für sie auf.

Anja runzelte die Stirn und blinzelte in ein weißes Zimmer mit dickem, schwarzem Teppich und einer breiten, weißen Kommode. Auf dem Boden daneben stand eine bambusartige Pflanze, darüber hing ein riesiger, blank polierter Spiegel. Genau in diesem Moment fiel ihr ein, wo sie war. Und mit der Erkenntnis schlug der Asteroid erneut mit seiner gesamten Wucht in ihre Gedanken ein.

Ein schaler Geschmack breitete sich auf ihrer Zunge aus und ihr wurde übel.

Vielleicht war das hier ja ein Traum. Sie musste nur aufwachen und alles war wieder gut. Sie lag in der kleinen

Kammer im Deepstone-Firmengebäude und das Gespräch mit Ben hatte niemals stattgefunden.

Und die Nacht auch nicht.

Sie erinnerte sich an seine Arme, die sie gehalten hatten, seine Wärme und seine Nähe. Als sie hinter sich fühlte, war er verschwunden. Natürlich. Die Kaffeemaschine bediente sich sicherlich nicht von selbst.

Dann entdeckte sie die Bilder auf dem Nachtisch. Es waren drei Stück. Ein Schwarz-Weiß-Bild von einem jungen Ehepaar. Wahrscheinlich Bens Eltern. Dann das Bild, das Anja schon auf seinem Handy gesehen hatte: eine junge Frau mit einem Baby auf dem Arm, das genüsslich an seinem dicken Zeh nuckelte. Daneben ein Bild von Ben selbst, wie er einem jungen Mann den Arm um die Schulter legte, der ihm wie aus dem Gesicht geschnitten war. Sein Bruder.

Anjas Blick wanderte zurück zu dem Baby. Und Tränen schossen ihr völlig unerwartet in die Augen bei dem Gedanken, dass dieses kleine Bündel vielleicht niemals erwachsen werden würde.

Das hier war echt. Am liebsten wäre sie sofort wieder in die Kissen gefallen und eingeschlafen.

Sie drückte ihren Kopf in das weiße Bettzeug. Es roch nach – Ben.

Sie sog den Duft tief in sich hinein, die Tränen versiegten und ihr Herzschlag beruhigte sich ein wenig. Der bittere Geschmack wich der Erinnerung an seine Umarmung. Und in diesem sanften Licht ließ sich die grelle Realität gleich ein wenig besser ertragen.

Sie schwang die Beine aus dem Bett und grub die Zehen in die flauschigen Teppichfasern. Ihr Kleid war völlig zerknittert, sie versuchte erfolglos, es glattzustreichen.

Der würzige Kaffeeduft kitzelte ihre Nase. Auf der Suche nach ihren Schuhen warf sie einen Blick unter das Bett, aber da war es genauso penibel sauber wie im Rest der Wohnung.

Ob er eine Putzfrau beschäftigt?

Er hat doch sicher keine Zeit, diese riesige Wohnung selber sauber zu halten.

»Guten Morgen.«

Anja fuhr hoch und krallte sich verlegen in der Bettdecke fest. Ben trug ein frisches T-Shirt und sein Haar war feucht. Wie lange war der Mann schon wach? Er trug ein Tablett und auf dem geschwungenen Holz transportierte er die Rose von gestern Abend in einer schlanken, weißen Vase. Daneben standen eine große, dampfende Tasse Kaffee und zwei Toasts mit Honig.

»Normalerweise frühstücke ich nicht im Bett, aber ich dachte, heute könnten wir eine Ausnahme machen.«

»Kommen wir dann nicht zu spät zur Arbeit?«, neckte Anja.

»Ich glaube, der Chef ist heute Morgen beschäftigt.« Er lächelte, stellte das Tablett auf den Nachttisch und setzte sich neben sie in die flauschigen Kissen.

Er saß so dicht, aber er berührte sie nicht, sondern starrte geradeaus auf die Kommode, als müsste er ein besonders schwieriges Rätsel lösen.

Anja legte ihre Hand auf seine und er blickte sie an.

»Was würdest du machen, wenn das alles nicht passiert wäre, wenn du eine ganz normale Zukunft hättest?«

Anja fühlte sich von dieser Frage ziemlich überrumpelt. Ja, wie würde ihr Leben dann aussehen?

Würde sie immer noch die Unsichtbarkeit erforschen?

Eigentlich hatte sie das nur gewollt, um sichtbar zu werden, vor allem für ihren Vater. Das war sie jetzt. Natürlich bekam er immer noch cholerische Anfälle und benahm sich wie die Axt im Walde, aber er nahm sie wahr und das war mehr, als sie jemals zu hoffen gewagt hatte.

Also, was würde sie machen?

»Ich möchte anderen helfen, die wie ich sind.«

»Das tust du doch jetzt schon. Oder du versuchst es zumindest.«

»Nein, ich meine nicht Menschen mit Fähigkeiten. Ich meine Menschen, die sich unsichtbar fühlen.« Sie lachte kurz. »Dafür hab ich wohl das Falsche studiert.«

»Psychologie meinst du?«

»Vielleicht, etwas in der Richtung. Ich hätte nie gedacht, dass ich das einmal sagen würde.« Anja schüttelte überrascht den Kopf. »Ich meine, mein Vater *wollte* immer, dass ich Arzt werde.« Psychologen waren für ihn zwar Ärzte zweiter Klasse, aber immer noch besser als Naturwissenschaftler. »Bisher hätte ich einfach nicht geglaubt, dass ich irgendjemandem helfen kann ...« Das hatte sich geändert. Es hatte sich so vieles geändert. »Aber das ist natürlich verrückt. Ich müsste ein völlig neues Studium beginnen und ganz von vorne anfangen. Damit wäre ja alles, was ich bisher getan habe, Verschwendung.«

»Wäre es nicht. Manchmal muss man ein paar Umwege gehen, bis man weiß, was man wirklich möchte. Und dein Physikstudium war nicht umsonst. Es hat dich zu dem Menschen gemacht, der du jetzt bist. Stell dir vor, du brichst dir ein Bein und brauchst einen Rollstuhl. Irgendwann kannst du wieder laufen. Natürlich gibst du den Rollstuhl dann wieder ab. Aber er ist keinesfalls wertlos.«

Vielleicht hatte er recht. Vielleicht tat man manche Dinge nur, um an ihnen zu wachsen. »Aber das ist auch egal. Es ist nicht anders. Ich bin, wer ich bin und ...« Sie brachte es nicht übers Herz, den Teil mit dem Asteroiden auszusprechen.

Er strich ihr eine Strähne aus dem Gesicht und sie blickte in seine besorgten Augen.

Es gab eine Sache, die sie über alles wollte. Ein Lächeln schlich sich auf ihre Züge und sie beugte sich nach vorne. Er kam ihr entgegen und als sich ihre Lippen berührten, wurde ihr eine Sache klar.

Es war verrückt, völlig verrückt, aber wenn sie Ben haben konnte, dann schien auch das Ende der Welt nur halb so schlimm.

Mit ihm an ihrer Seite konnte sie *alles* ertragen.

***

Anja lag schwer atmend an Bens Schulter und legte ihre Hand auf seine warme Brust. Sie spürte seinen Herzschlag und das Leben, das in ihm wohnte.

Nachdenklich betrachtete sie sein Gesicht, es sah so friedlich aus. Er hatte seine Augen geschlossen und atmete tief.

Sie wünschte sich, sie hätten mehr Zeit gehabt sich näherzukommen. Mehr *normale* Zeit.

Sie erinnert sich an das Gefühl, das sie durchflutet hatte, als sie glaubte, ihr Vater würde sterben. Das Gefühl, sich einen einzigen, ganz normalen Tag zu wünschen. Jetzt war dieses Gefühl noch Millionen Mal verstärkt und bald würde es unerträgliche Ausmaße annehmen.

Bald.

»Ich habe eine Überraschung für dich«, sagte er unvermittelt und öffnete die Augen.

»Was denn?«

»Wenn ich dir das sage, ist es ja keine Überraschung mehr.« Er grinste und stieg aus dem Bett. Mit zwei Schritten war er bei der weißen Kommode, die unter dem Spiegel stand, und zog an dem obersten, silbernen Griff.

»Ich habe dir eine Schublade freigeräumt.«

Anjas Herz begann schneller zu schlagen und sie setzte sich auf. Ihre Gedanken rasten.

Eine Schublade?

War das eine Einladung? Sollte sie einziehen?

Nein, es war sicher einfach nur eine Schublade. So wie es hier aussah, brauchte eben alles seinen Platz.

»Ich weiß, das kommt plötzlich, und mit einer Schublade alleine kommst du sicher nicht aus, aber in Anbetracht …

in Anbetracht der Umstände möchte ich nicht, dass du weiter in der Firma übernachten musst.«

In Anbetracht der Umstände. Heißt das, in jedem anderen Fall würde er mir die Schublade nicht anbieten? Heißt das, er hat nur Mitleid?

Das gerade hatte sich nicht wie Mitleid angefühlt. Trotzdem musste sie sichergehen.

»Du brauchst dich nicht verpflichtet zu fühlen«, sagte sie vorsichtig.

»Du meinst, ich frag dich nur, weil zufällig gerade die Welt untergeht?« Er zog die Brauen hoch.

»Ich könnte auch zu meinem Vater gehen, wenn ich nicht alleine sein möchte.«

Er kam zurück zum Bett und griff in ihr Haar, das sich aus ihrem Zopf gelöst hatte und in wilden, glänzenden Strudeln über ihren Körper floss. Gedankenverloren streichelte er über ihre Wange und strich mit dem Daumen über ihre Lippen.

»Anja Richter, von dem Tag an, als ich dich zum ersten Mal *nicht* sah, wusste ich, dass du etwas ganz Besonderes sein musst. Du bist der ehrlichste Mensch, den ich kenne, und du bist einer der mutigsten Menschen, denen ich je begegnet bin. Und ich denke, ich fange an, mich in dich zu verlieben.«

Er zog sie auf die Beine, an seine Brust. Und küsste sie so zärtlich und innig, dass Anja sich wünschte, er würde sie nie wieder loslassen.

»Allerdings«, flüsterte er, nur den Bruchteil eines Millimeters von ihren Lippen entfernt, »wenn du möchtest, kannst du auch gerne bei deinem Vater einziehen.«

Statt einer Antwort fuhr sie mit ihren Händen in seinen Nacken, ihre Finger verloren sich in seinem dichten Haar und sie zog ihn noch näher zu sich heran.

Als sie sich lösten, seufzte Anja und stellte mit einem Blick auf den Nachttisch fest, dass der Kaffee jetzt ganz sicherlich eiskalt war. Ben schien ihre Gedanken zu erraten. »Ich mache dir einen neuen.«

»Ich spring nur schnell unter die Dusche.«

BEDROHUNG

Als Anja aus dem Bad in die Küche kam, hatte Ben den Fernseher eingeschaltet. Der Kaffee dampfte und er rührte in einer Pfanne die Eier.

Irgendwie war das unglaublich süß. Anja lächelte vor sich hin. Fehlte nur eine Schürze.

Er verteilte das Rührei auf zwei Teller und garnierte es mit frischer Petersilie, die neben anderen Kräutern in kleinen Töpfen über der Spüle wuchs.

Anja drehte sich um.

Sie würde bei ihm einziehen. Eigentlich müsste ihr das überstürzt vorkommen, oder nicht?

Aber wenn nicht jetzt, wann dann?

Es war nicht so, als ob sie noch eine Ewigkeit Zeit hätten. »Ich glaube, Jacks Körbchen würde gut neben das Sofa passen.« Endlich musste der arme Kerl es nicht länger bei ihrem Vater aushalten. Ihn mit in die Firma zu nehmen, hatte sie nicht übers Herz gebracht.

Ben blickte auf. »Du willst die Katze mitbringen?«

War das sein Ernst? »Er ist ein Kater. Und natürlich kommt er mit. Was hast du denn gedacht?«

»Ich weiß auch nicht … muss das sein? Er hat es doch gut bei deinem Vater.«

»Hallo? Klar muss das sein!« Anja schüttelte den Kopf. Glaubte er denn, sie könnte Jack einfach so zurücklassen? Er war schon so lange ihr Freund, er gehörte zur Familie.

Sie würde ihn ganz sicher nicht für immer bei ihrem Vater lassen, erst recht nicht, wenn bald die Welt unterging.

»Ich dachte nur, wegen all der Haare«, nuschelte Ben.

»Katzen haben nun mal Haare. Dafür sind sie so schön weich.« Sie schob ihr Kinn vor. »Du hast auch Haare. Und nicht alle davon sind schön weich oder auch nur besonders hübsch anzusehen. Trotzdem würde ich dich deshalb nicht ausquartieren. Jack und mich gibt es nur im Doppelpack.«

Ben hob die Hände. »Ist ja schon gut.«

Anja wollte noch etwas sagen, als ihr die Stimme im Fernseher irgendwie bekannt vorkam. Sie sah auf und erkannte – Matthias Weiß.

»... die Zukunft der Menschheit liegt da draußen, im Weltall. Nicht nur im wörtlichen Sinne. Nicht nur, weil dieser Planet irgendwann zu klein für uns wird, weil wir ihn ausbeuten und weil wir wachsen. Sondern auch unsere Gegenwart liegt im Weltraum. Es geht um planetare Sicherheit, um medizinische Forschung, um wissenschaftlichen Fortschritt, um Technik und das Leben selbst. Aber unsere Politik ist einfach zu kleingeistig, um das zu erkennen. Wir investieren unser Geld lieber in sinnlose Kriege und streiten uns um Öl, das wir vielleicht gar nicht mehr bräuchten, wenn wir die Forschung an den richtigen Stellen vorantreiben würden.«

Anja schluckte trocken.

»So kann es nicht weitergehen. Wenn die Welt nicht in der Lage ist, sich selbst zu retten, dann braucht sie eben etwas Unterstützung. Hiermit fordere ich die Regierungen auf, einen globalen Fond einzurichten. Unterlagen mit den notwendigen Details sind in den vergangenen Stunden an entsprechenden Stellen eingegangen. Sollten meinen Forderungen binnen 24 Stunden *nicht* erfüllt werden, sehe ich mich gezwungen, nachdrücklicher zu werden. Natürlich bin ich mir bewusst, dass der gigantische Wasserkopf nicht innerhalb eines einzigen Tages sämtlichen Ballast abwerfen und tätig werden kann. Ich bin kein unvernünftiger Mensch. Wenn also bis morgen um diese Zeit wenigstens ein Termin für eine internationale Zusammenkunft zustande kommt, sehe ich das als Zeichen guten Willens. Sollte selbst das nicht möglich sein, sehe ich mich gezwungen, ein Exempel zu statuieren.«

Er machte eine Kunstpause und Anja merkte, dass sie die Luft anhielt. Sie zwang sich zu atmen.

»Ich bin der Sturm, ich bin die Wolken, die den Himmel trüben. Wenn ihr aus dem Fenster seht, seht ihr mich. Und wenn ihr meinen Forderungen nicht nachkommt, wird sich der Himmel öffnen und all jene verschlucken, die nicht bereit waren, in die Zukunft zu blicken.«

Ein Blitz zuckte hinter ihm über den Himmel. Dann blieb der Bildschirm schwarz.

»Was heißt das, was hat er vor?«, fragte Anja.

Ben schüttelte den Kopf. »Immer wieder diese verrückte Idee. Er ist felsenfest davon überzeugt, dass nur seine bescheuerten Weltraumfahrstühle die Welt retten können. Natürlich wäre damit die gesamte Forschung in der Schwerelosigkeit wesentlich günstiger. Aber dafür muss es ja erst mal funktionieren. Fast seine ganze Firma hat er damit zugrunde gerichtet, weil er behauptet hat, er hätte die Lösung.«

»Und, hat er die?«

Ben fuhr sich durchs Haar. »Ich weiß es nicht. Ich weiß nur, dass er Unsummen von der Regierung verlangt hat, um sein irrsinniges Projekt zu unterstützen. Aber das war lange, nachdem ich zu Deepstone gewechselt bin.«

»Du hast mal für ihn gearbeitet?«

»Das ist lange her.«

»Glaubst du, er macht das wirklich? Eine Art gezieltes Gewitter oder Sintflut?«

Ben blickte ins Leere. »Ich weiß es nicht. Als er versucht hat, dich abzuwerben, hätte ich noch gesagt, *im Leben nicht* … aber jetzt, nach seinem Angriff auf dich bei der Pressekonferenz …«

»Dann müssen wir ihn aufhalten.«

»Das ist Sache der Regierung und der Geheimdienste. Wenn sie tatsächlich Hilfe brauchen, werden sie sich schon melden.«

»Aber was, wenn sie ihn einfach nur als verrückt abstempeln? Er hat Superkräfte. Du hast doch gehört, er will das Wetter benutzen, um … na, irgendetwas Schreckliches zu tun. Was, wenn sie ihm nicht glauben?«

Ben wandte sich entschlossen seinem Rührei zu und ging zum Tisch. »Ich kann ein paar Telefonate führen. Aber ich glaube wirklich nicht, dass wir da viel unternehmen können.«

»Ich habe noch eine Visitenkarte von ihm und eine von Greta.« Anja bekam immer noch eine Gänsehaut, wenn sie an den Moment dachte, in dem sie herausgefunden hatte, dass die Gedankenleserin auf der Seite von Weiß stand.

»Wenn es dir dann besser geht, werde ich die weitergeben. Aber erstens glaube ich nicht, dass er so dumm wäre, seine Telefonnummern zu behalten. Und zweitens würde ich jetzt gerne endlich frühstücken.«

***

Anja hatte sich gerade an den Tisch gesetzt, da begann ganz leise irgendwo Musik zu spielen. *Jumpin' Jack Flash* klang dumpf aus der Ferne.

»Mein Handy!«

Sie sprang wieder auf und stolperte Richtung Garderobe. Sie zog das summende Gerät aus der zartgrünen Tasche.

Jessica war am Apparat. Anja konnte ihre Freundin vor lauter Schluchzen kaum verstehen. »Jetzt beruhig dich doch erst mal, was ist denn los?«

Jessica brauchte drei Anläufe, bis sie irgendetwas halbwegs Verständliches formuliert hatte.

»Ich bin sofort da«, sagte Anja und legte auf.

»Was denn?« Ben war aufgesprungen und gleich bei ihr.

»Das im Fernsehen, das war Matt.«
»Ja, und? Das haben wir doch auch gesehen.«
»Nein, Matt, *ihr* Matt. Matthias Weiß ist der Ex meiner besten Freundin.« Was für ein verwirrender, verrückter Zufall. Falls es denn ein Zufall war. »Ich muss zu ihr. Schnell.«
»Ich rufe einen Wagen.«

***

Der Nebel hing tief in der Straße, dick zwischen den Häusern und gab ihr das Gefühl, sie könnte jeden Augenblick an der suppigen Masse ersticken.

Als Anja aus dem Wagen stieg, jagte die Kälte eine Gänsehaut über ihre Arme. Ben legte ihr seine Jacke um die Schultern. Dann fiel Anjas Blick trotz der schlechten Sicht sofort auf den etwa zwölf Jahre alten Jungen, der auf der anderen Straßenseite stand und auf das Gebäude starrte, in dem ihre beste Freundin wohnte.

Vielleicht fiel er ihr deshalb auf, weil sie an dieser Stelle schon mehr als einen Beobachter entdeckt hatte. Sam – der *heiße Typ* mit den Feuerhänden – hatte hier häufig herumgelungert und auch Greta, die Gedankenleserin, war ihr hier zum ersten Mal begegnet. Ein Haus, das einmal unsichtbar geworden war, zog offensichtlich die *interessantesten* Leute an. Allerdings war der Junge mit dem kinnlangen, braunen Haar, das seine eine Gesichtshälfte fast komplett verbarg, nicht der einzige Anwesende.

Es gab eine kleine Ansammlung von Reportern, die sofort Fotos schossen, als Anja ausstieg. Offensichtlich gab es doch noch Interesse an ihr. Auch wenn die halbe Welt sie für einen Scharlatan hielt und die andere Hälfte damit beschäftigt war …

»Hexe!« Anja fuhr herum und entdeckte den Mittvierziger im Anzug mit dem irren Blick und erhobener Faust. Anja riss den Schild hoch – doch nichts passierte. In einem wahnwitzig in die Länge gezogenen Sekundenbruchteil wurde ihr wieder bewusst, dass ihre Fähigkeit gerade jetzt in einer metallisch glänzenden Kugel bei Deepstone aufbewahrt wurde. Dann stach der Mann zu.

Anja warf die Arme vors Gesicht und Bens Hand schnellte nach vorne. Er griff nach der Faust und verdrehte dem Angreifer mit einer geübten Bewegung die Schulter. Der riesige Typ schrie und wurde in die Knie gezwungen.

Anja atmete erleichtert auf, da brach auch schon ein Blitzlichtgewitter über sie herein. Ihr Herzschlag beschleunigte sich sofort wieder. Die kleine Meute Reporter stürzte sich auf sie und überschwemmte sie mit Fragen. Sie war unglaublich froh, als Ben den Mann von sich stieß und ihnen einen Weg zur Tür bahnte.

Die Reporter drängten sich immer dichter um sie und ein mulmiges Gefühl machte sich in Anja breit.

Endlich ertönte der Summer. Sie wollte gerade nach der Klinke greifen, da durchriss ein weiterer Kriegsschrei die Menge.

Anja fuhr herum, konnte den Angreifer aber nicht entdecken, bis er direkt unter ihrer Nase auftauchte. Ben wollte dazwischen gehen. Ein Messer blitzte auf. Anja wich zurück, stieß gegen Ben. Ein Quietschen und dann erkannte sie den kleinen braunhaarigen Jungen, der es irgendwie geschafft hatte, zwischen ihr und der scharfen Klinge zu landen. Er wurde zu Boden geworfen, die Reporter schnellten auseinander, und jetzt hatte Ben endlich Platz zu agieren. Ein Tritt, ein Schlag und dann lag der Attentäter auf der Erde. Als wäre nichts gewesen, sah Anja nur Sekunden später Ben bereits telefonieren, während sie sich über den armen Jungen beugte. Doch der rappelte sich bereits wieder auf.

»Hey, nicht so hastig«, sagte Anja.

Aber er schüttelte nur den Kopf und wollte hochkommen. »Vielleicht hast du eine innere Verletzung, besser, du bleibst liegen.«

Er sagte immer noch kein Wort, stattdessen hob er sein zerrissenes Hemd an und entblößte eine flache Schnittwunde, kaum mehr als ein Kratzer.

Eine Fähigkeit.

Anja bot ihm ihre Hand an und half ihm hoch.

»Dann lass uns wenigstens ein Pflaster draufmachen.«

Ben legte ihr die Hand auf die Schulter und sprach dicht neben ihrem Ohr. »Die werden sich auf ihn stürzen, wenn ihr wieder hier raus kommt. Ich spreche mit der Polizei und nehme den Jungen mit zur Firma. Geh du und kümmere dich um Jessica. Aber bitte ruf dir später einen Wagen.«

Anja kaute auf ihrer Unterlippe, er hatte recht. Sie nickte, nahm die Hand des Jungen und sprach leise, aber eindringlich. »Du wolltest zu mir, richtig?«

Er nickte.

»Dieser Mann hier, das ist Ben, er ist ein Freund. Er nimmt dich mit an einen sicheren Ort. Da versorgen sie deine Wunde. Ich muss mich nur kurz um eine Freundin kümmern, dann komme ich nach. In Ordnung?«

Sein Blick huschte von ihr zu Ben und wieder zurück. Schließlich nickte er.

Sie ließ ihn los und Ben führte den Jungen unter den Blicken der aufgeregten Reporter zum Wagen.

Wenigstens musste sie sich im Augenblick nicht auch noch Gedanken um die Polizei machen.

Sie klingelte erneut, wartete auf den Summer und lief dann nach oben.

Unterwegs fiel ihr auf, dass sie den Jungen nicht mal nach seinem Namen gefragt hatte. Sie hätte sich ohrfeigen können.

VERÄNDERUNG

Jessica machte die Tür auf und fiel sie ihrer besten Freundin heulend um den Hals. Anja schloss sie in die Arme, führte sie nach drinnen und schloss die Türe mit einem Hackentritt hinter sich. Dann wartete sie geduldig, bis sich Jess wenigstens ein bisschen beruhigt hatte.

»Alles gut«, flüsterte sie und streichelte ihrer Freundin den Rücken.

»Gar nichts ist gut«, schluchzte Jessica. »Mein Ex ist ein Terrorist.« Mit dem Ärmel wischte sie sich übers Gesicht.

»Hey, das wäre doch ein toller Buchtitel«, neckte Anja.

Jess knuffte ihr hart in die Schulter. »Das ist nicht lustig.« Wenigstens hörte sie auf zu weinen.

Anja hätte am liebsten sofort über den Asteroid gesprochen, aber das konnte sie Ben nicht antun und ganz offensichtlich gab es gerade auch Wichtigeres. Zumindest in Jessicas Augen.

»Aber Jess, wie kann das sein? Du hast mir nie erzählt, dass Matt der Boss einer großen Firma ist.«

»So groß ist die Firma gar nicht. Und du hast bei seinem Alter schon so übertrieben reagiert.«

»Ich hab nicht übertrieben reagiert. Ich war nur … überrascht.«

»Genau, dir sind fast die Augen aus dem Kopf gefallen. Ich hab bloß drauf gewartet, dass du mir erzählst, ich würde nur seine Midlife-Crisis ausgleichen. Hätte ich gesagt, dass ihm eine Firma gehört, wäre ich in deinen Augen zwangsläufig zum Betthäschen mutiert.«

Anja biss sich so fest auf die Zunge, dass es blutete, damit sie nicht auf den Umstand hinwies, dass höchstwahrscheinlich genau das der Fall gewesen war. Was sonst sollte bitte ein Herr Matthias Weiß mit einer Studentin?

Er hatte ja wohl bestimmt nicht ganz zufällig in ihrer besten Freundin die große Liebe gefunden.

»Du solltest nicht hier bleiben«, sagte Anja statt eines Kommentars.

»Wieso nicht?«

»Wie du eben selbst gesagt hast, er ist ein Terrorist. Er hat die ganze Welt bedroht und er weiß, wo du wohnst. Oder nicht?«

»Schon. Aber er würde mir doch nichts antun.«

Anja schnappte nach Luft. »Bist du dir da ganz sicher?«

Ihre Freundin rutschte unruhig hin und her. »Schon«, sagte sie. Klang aber nicht im Entferntesten überzeugt.

»Komm, du wolltest doch sowieso hier raus, nach der Sache mit der Unsichtbarkeit und meinem Presseauftritt und allem. Die Reporter gehen dir doch schon seit Ewigkeiten auf den Keks.«

»Aber wie soll ich so schnell eine neue Wohnung finden? Erst recht hier in der Stadt?«

»Es kann ja ruhig etwas Temporäres sein. Zur Not kann ich dich sicher bei meinem Vater unterbringen.«

Jess verzog das Gesicht.

»Oder bei Deepstone.« Sie verschwieg, dass dort jetzt ihr Zimmer frei wurde. Sie wollte ihrer Freundin nicht gerade jetzt auf die Nase binden, dass Ben ihr eine Schublade freigeräumt hatte. Ein völlig irrationaler Teil von ihr, der mit all den ernsten Neuigkeiten einfach nichts zu tun haben wollte, machte einen Sprung und drehte sich wie ein Glitzerkreisel.

»Ich könnte zu Karl gehen«, sagte Jessica beiläufig und starrte auf ihre Zehenspitzen.

»Ach *ja?*«, sagte Anja, nur halb überrascht, aber mit einem absichtlich übertriebenen, zweideutigen Unterton.

Jessica stieß ihr den Ellbogen in die Seiten.

Anja lächelte. Sie war froh, dass es ihrer Freundin wenigstens oberflächlich besser ging. Sie machte sich keine Illusionen, die Beziehung zu Matt und dessen … Pläne würden Narben hinterlassen. Umso besser, wenn sie jemanden hatte, der sie ablenkte. »Nein, im Ernst, das ist eine super Idee. Pack ein paar Sachen, ich besorg uns ein Auto, du kommst mit in die Firma und kannst Karl gleich von seinem Glück berichten. Ich bin froh um jede Sekunde, die wir nicht länger hierbleiben müssen.«

»Er ist kein schlechter Mensch, wirklich nicht.«

»Karl? Natürlich nicht.«

»Nein, Matt. Ich versteh das einfach nicht, er … war immer so nett zu mir.«

»Ich hoffe wirklich, dass du recht hast, Jessica. Aber er hat schon einmal versucht, mich umzubringen. Deshalb würde ich ungerne mein Leben darauf verwetten.«

Jessicas Schultern sackten zusammen und sie brach wieder in Tränen aus. »Es tut mir so leid.«

Anja nahm ihre Freundin noch einmal in die Arme. »Aber du kannst doch nichts dafür.«

»Aber ich hätte es ahnen müssen, ich hätte wissen müssen, dass da etwas faul ist.«

»So ein Blödsinn. Wie lange ist das her, dass ihr euch kennengelernt habt. Ein Jahr? Zwei? Da hatte doch sogar mein Papa noch seinen Job im Krankenhaus. Und als Matt sich dann letztens wieder gemeldet hat, da hatte das mit meiner Unsichtbarkeit doch noch nicht einmal richtig angefangen.«

Trotzdem hielt sie ihn für einen unsensiblen und hinterlistigen Widerling. Egal, ob er von Anja gewusst hatte oder nicht, sein Verhalten war unentschuldbar und schon alleine dafür gehörte er auf den Scheiterhaufen. Dafür, für sein Manöver im Fernsehen und den Mord natürlich auch.

»Du bist meine beste Freundin und dieser *Idiot* kann froh sein, wenn er mir niemals wieder über den Weg läuft.«

Jessica schluchzte mit einem halben Lachen. »Sonst was? Sonst machst du dich unsichtbar und erschrickst ihn zu Tode?«

Anja lachte auch. »Ja, irgendwie sowas in der Richtung.«

***

Die Sicherheitsvorkehrungen bei Deepstone waren massiv verstärkt worden. Es gab eine neue Schleuse direkt hinter der Eingangstür, die von zwei bulligen Wachmännern kontrolliert wurde.

Anja war froh, dass sie noch ein paar Sachen bei Jess gefunden hatte. In Jeans und dem Pullover mit dem orangefarbenen, haarigen Monster darauf fühlte sie sich um einiges wohler als in dem knappen, völlig zerknitterten Kleid. Trotzdem wurde sie von den beiden Wachbeamten mit Anzug und Sonnenbrille ziemlich schief von der Seite angeguckt. Oder gerade deswegen?

Außerdem besaß Jessica natürlich weder eine Karte noch die notwendige Zugangsberechtigung und selbst ein Anruf in der Chefetage half erst, als Ben persönlich in der Eingangshalle erschien.

Er brachte sie zum Aufzug und sah besorgt zu Jessica. »Geht es dir besser?«

Anjas Herz blühte bei seinem fürsorglichen Verhalten auf, während ihre Freundin langsam nickte.

»Ich muss wieder hoch, Balduin wartet in meinem Büro. Er wollte mit mir unter vier Augen sprechen.«

»Worum geht es?«, fragte Anja.

Warum allein? Was für Geheimnisse gab es, die nur Ben wissen durfte?

»Ich weiß es nicht«, antwortete er.

Ein kindischer Teil von ihr fühlte sich ausgeschlossen. Es war ihre Initiative. Nur durch sie war die Wahrheit über die Fähigkeiten an die Öffentlichkeit gekommen. Anja wusste, dass Balduin das schon immer gewollt hatte. Und irgendwie hatte sie sich dadurch im Zentrum der Ereignisse gewähnt. Sie fühlte sich verantwortlich für alle Menschen mit besonderen Fähigkeiten. Und ja, irrsinniger Weise sogar für Matthias Weiß und seinen völlig verrückten Plan. Deshalb war es auch an ihr, ihn irgendwie aufzuhalten. Sie bezweifelte, dass die Geheimdienste da bessere Chancen hatten.

»Sam wartet unten in der Arena und der Junge wird gerade untersucht.«

»Wie heißt er eigentlich?«, fragte Anja.

»Ich weiß es nicht, er hat bisher kein Wort gesprochen. Ich nehme an, er ist verängstigt. Ich sage Bescheid, dass du da bist, dann wird er zu dir gebracht, sobald er fertig ist.«

Anja nickte, Ben griff kurz nach ihrer Hand und drückte ihre Finger mit einem kleinen Lächeln.

Anja lächelte zurück.

Gemeinsam mit Jessica stieg sie in den Aufzug mit der verspiegelten Rückwand und fuhr in eins der tieferen Kellergeschosse des Gebäudes.

»Was war das denn?«, fragte Jessica mit einem vielsagenden Unterton.

»Ich ziehe auch um«, grinste Anja und erzählte ihrer Freundin von der Schublade.

***

Jessica klopfte an die Tür mit dem winzigen Fenster, während Anja weiter zum Trainingsraum ging.

Karl sprang hastig von seinem Stuhl auf, als sie eintrat. Er sah aus, als wäre er bei irgendetwas erwischt worden. »Wie findest du eigentlich immer wieder Zeit für Computerspiele?«, fragte sie. »Musst du nicht für dein Geld arbeiten?«

»Schon«, er stieß mit seiner Schuhspitze verlegen gegen den Schreibtisch. »Aber ich bin eben immer viel zu schnell fertig.«

»Weil du so unglaublich schlau bist, oder was?«

»Sicher.« Er grinste.

»Bescheiden bist du aber gar nicht.«

»Nicht, wenn ich es vermeiden kann. Was kann ich für dich tun?«

Jessica seufzte. »Ich muss aus meiner Wohnung raus.« Sie stellte ihren vollgestopften Rucksack auf die Erde.

»Ziemlich plötzlich, was?« Er zog die Brauen hoch. »Ratten?«

»So ähnlich. Mein Exfreund ist ein Terrorist und kommt vielleicht vorbei, um mich umzubringen.«

Karl lachte, wurde aber sofort still, als sie nicht einstimmte. »Das ist dein Ernst?«

Jessica nickte.

»Oh – okay.« Er kratzte sich im Nacken. »Weißt du, wenn du willst, dann kannst du gerne bei mir pennen. Allerdings muss ich dich vorwarnen, ich wohne in einer Studentenbude. Da ist eigentlich nicht mal genug Platz für einen. Natürlich kriegst du das Bett und so, ich wollt's nur gesagt haben.«

Sie fiel ihm um den Hals.

»Hey, immer langsam. Wenn du mich erwürgst, kann ich die Luftmatratze nicht mehr aufpumpen.«

»Moment mal, hast du Studentenbude gesagt?«

»Jupp. Wände dünn wie Pappkarton und ein Haufen riechender Mitbewohner. Dafür billig.«

»Aber du arbeitest doch hier.«

»Irgendwie muss ich die Miete ja bezahlen.«

»Und du bist trotzdem Student.«

»Baby, ich werde mein Lebtag nicht aufhören zu lernen.« Er wackelte mit den Augenbrauen. »Oh, bevor ich es vergesse. Es gibt da eine sehr strickte Regel bei mir, die hat mit meinem Glauben zu tun.«

»Und die wäre?«

»Keine Unterwäsche.«

Jessica machte Gebrauch von ihrem Ellbogen.

Er lachte. »Au! Okay, okay. Aber Strapse werden wohl drin sein … au! Unter deinen Klamotten drunter, ich muss sie gar nicht sehen … au! Hey!«

FÄHIGKEITEN

Anja betrat die Arena, die riesige, unterirdische Sporthalle mit der Laufbahn und dem Boxring in der Mitte.

Ein ohrenbetäubendes Rauschen erfüllte den hohen Raum. Zwei riesige Feuersäulen schossen wie bei einem Flammenwerfer aus Sams Handflächen heraus und trafen zielsicher die Wand aus kugelsicherem Glas neben dem Boxring. Das Geräusch verstummte in dem Augenblick, als die Tür zufiel, und mit ihm erlosch auch das Feuer.

»Ich wollte dich nicht stören.« Ihr Blick fiel auf seine Finger, die wie immer in dünnen, schwarzen Handschuhen steckten.

»Hast du nicht.«

»Was machst du?«

Er hob die Hände in einer indifferenten Geste. »Wenn ich schon einmal die Gelegenheit habe, so einen großen Übungsraum zu benutzen, muss ich das doch ausnutzen. Keine Gefahr entdeckt zu werden, man kann niemanden verletzen und ich erschrecke niemanden zu Tode. Alles sehr komfortable Bedingungen.«

Mit so offensichtlichen Fähigkeiten, wie Sam sie hatte, war das sicher ein großer Vorteil. Weil sie sich unsichtbar machen konnte, war das für sie nie wirklich ein Problem gewesen.

»Warum trägst du eigentlich Handschuhe? Funktioniert deine Fähigkeit durch den Stoff hindurch?«

»Mein Fleisch brennt.«

Anja riss die Augen auf. Das musste sie falsch verstanden haben. »So richtig? Aber wie … hast du auch Heilfähigkeiten?«

»Nein. Jedes Mal, wenn ich Feuer mache, brennt meine Haut. Die Handschuhe sind nur ein Mittel, damit ich nicht ständig Teile von mir verliere, wenn ich danach etwas anfasse. Frisch verbranntes Fleisch klebt gut.«

Anja wurde übel bei dem bloßen Gedanken und starrte ihn an. »Du veräppelst mich.«

Er lachte trocken. »Nein. Leider nicht.«

»Aber das muss doch weh tun.«

»Hat es auch. Bis wir einen Arzt gefunden haben, der mir meine Nerven verstümmelt hat.«

»Deine Nerven ver… was?«

»Was meinst du, warum ich so fuchsig geworden bin, als Ben mich nach dem Angriff im Pressesaal heilen wollte. Die Stichwunde im Bauch war eine Sache. Aber wenn mir meine Nerven nachgewachsen wären? Danke, nein. Dann wäre ich so nutzlos wie ein stumpfes Messer.«

Anja versuchte zu verdauen, was sie gerade gehört hatte. Pyrokinese klang in den Geschichten immer so toll. Aber da entstand das Feuer irgendwie oberhalb der Haut und verbrannte niemanden. Zumindest nicht den Pyrokinetiker.

»Aber das bedeutet … du kannst nichts fühlen?«

»Nope. Ich könnte in ein Nagelbrett fassen und würd's nicht mal merken. Okay, natürlich spüre ich, *dass* da etwas ist. Aber die Feinheiten … es hat eben alles seinen Preis.«

Niemals zu fühlen. Anja konnte sich das überhaupt nicht vorstellen. Keinen Händedruck, keine zärtliche Berührung, nicht einmal den zarten Flaum der Nackenhaare eines geliebten Menschen. Wie sollte man so leben?

»Vermisst du es nicht?«

»Es gibt Dinge, die im Moment wichtiger sind.« Damit schien das Thema für ihn abgeschlossen.

»Funktioniert deine Fähigkeit denn nur auf deinen Händen?« Die Frage, ob er überall taub war, stellte sie nicht.

»Ich *könnte* am ganzen Körper brennen – wenn ich wollte. Will ich aber nicht. Hab ich schon ausprobiert. Unabsichtlich. Nicht empfehlenswert. Tut schweineweh und bringt einen im Zweifelsfall um.«

Wenigstens war er nicht völlig gefühllos. Anja blickte auf ihre eigenen Finger und konnte sich nicht im Entferntesten vorstellen, dass sie das ertragen könnte. »Aber dann dürftest du doch mittlerweile keine Hände mehr haben.«

»Ich sollte schon rechtzeitig aufhören. Das Manöver hier gerade war zum Beispiel ziemlich überflüssig. Aber jetzt, wo wir die Heilfähigkeiten in der Nähe haben … wieso nicht? Natürlich immer in der Hoffnung, dass unsere Krankenschwester rechtzeitig aufhören kann. Im Zweifelsfall kriegt er einfach eins auf die Nase.«

»Das ist aber nicht gerade nett.«

»Ich bin eben kein netter Typ.«

»Nicht?«

»Heiß, aber nicht nett.« Er grinste breit.

Anja schüttelte den Kopf und wechselte lieber das Thema. »Hast du von Weiß gehört?«

»Ja, deshalb sind wir hier.«

»Glaubst du, er macht seine Drohung wahr?«

»In jedem Fall.

»Aber was will er damit erreichen?«

»Ich glaube, er meint das schon ziemlich ernst, was er da gesagt hat. Damit hat er uns auch immer angetrieben. Dass die Menschen ihr Geld in alles Mögliche investieren, in Videospiele und Kinofilme und Superhelden, das geht ihm ganz schön gegen den Strich. Wenn's nach ihm ginge, wären wir schon lange auf dem Mars. Das ist so seine Hauptagenda. Für seinen Forscherdrang geht er über Leichen. Buchstäblich.«

»Und das … dieses Globale-Fond-Dings und das mit dem Wetter, das ist das, was er schon die ganze Zeit geplant hatte? Was du bei deiner Undercoveraktion herausfinden wolltest?«

»Ich weiß es nicht. Aber wenn ich ehrlich bin, dann wirkt das für mich noch 'ne Nummer zu klein.«

»Zu klein?« Anja schnappte nach Luft.

»Wen bedroht er damit schon? Eine Handvoll Politiker. Nee, du, glaub mir, da ist noch etwas ganz Anderes im Busch. Wenn ich recht habe, dann werden wir uns schon sehr bald wünschen, dass ich falsch gelegen hätte.«

»Dann müssen wir ihn aufhalten.«

»Dafür müssen wir ihn erst einmal finden. Wir sind schon dran, aber bisher ohne Erfolg.«

»Weißt *du* denn nicht, wo er sein könnte?« Immerhin hatte Sam wer weiß wie lange mit dem Typen zusammengearbeitet, um sein Vertrauen zu gewinnen.

»Ich weiß nur, wo er *war*. Aber wenn er auch nur zwei Gehirnzellen hat, wird er da sicher nicht mehr auftauchen. Balduins Kontakte haben trotzdem ein Auge drauf, aber die Location kannst du meiner Meinung nach knicken.«

»Sonst gar nichts?«

»Es gibt wohl noch irgendwo ein Versteck. Zu unauffällig kann es auch nicht sein. Er wollte nämlich, dass du es unsichtbar machst. Deshalb hatte er versucht, dich abzuwerben, statt dich gleich umzubringen. Ich weiß aber nicht, wo es sich befindet. Ich kann mir nicht vorstellen, dass er irgendwem freiwillig davon erzählt hat. Greta müsste es natürlich wissen. Aber aus der hast du ja nichts rausbekommen. Die hatte ihre ganz eigene Agenda, auch wenn ich aus der nie schlau geworden bin.«

»Wir müssen ihn auf jeden Fall irgendwie aufhalten.«

»Okay. Aber wie willst du ihn umbringen?«, fragte Sam.

»Wer hat denn von Umbringen gesprochen?«

»Na du. *Du* glaubst doch nicht im Ernst, dass du ihn anders dazu bringst, seinen verrückten Plan aufzugeben. Glaub mir, der ist völlig größenwahnsinnig und durchgeknallt. Wenn wir nicht die Vermutung gehabt hätten, dass da noch etwas im Busch ist, etwas, was auch über seinen Tod hinaus gefährlich werden könnte, dann hätte dieser Mörder schon lange das Zeitliche gesegnet.«

Weiß hatte Balduins besten Freund getötet. So viel wusste sie. Trotzdem wollte sie nicht darüber nachdenken, dass sie möglicherweise jemanden umbringen mussten. Es hatte schon zu viele Tote gegeben, einen davon direkt durch ihre Hand, auch wenn das Notwehr gewesen war, es hatte ihr gereicht. Und es würden noch so viele Menschen sterben, wenn der Asteroid tatsächlich einschlug. Sie schob den Gedanken schnell beiseite. »Was hat er denn genau für Fähigkeiten?«

»Auf jeden Fall kann er das Wetter beeinflussen.«

In dem Punkt hat er also nicht gelogen.

»Was heißt eigentlich genau, das Wetter beeinflussen? Was kann er damit anstellen?«

»Ich stell mir das immer vor wie so einen Schamanen. Also Regen heraufbeschwören oder Sonne, Wind erzeugen. Dinge in der Richtung.«

»Und denkst du, er könnte damit auch Himmelskörper bewegen, also den Mond oder einen Kometen oder so?« Anja versuchte, beiläufig zu klingen.

Er sah sie skeptisch an. »Ich denke eher nicht. Zumindest hat er so etwas bisher nicht gebracht. Aber er kann auch noch fliegen.« Sam ballte seine Hände zu Fäuste und sie hätte schwören können, dass sie anfingen zu glühen.

Das Fliegen war die Fähigkeit, die er von Balduins Freund gestohlen hatte. Der Grund, weshalb Sam und Balduin ihre Jagd überhaupt erst angefangen hatten.

»Und dazu ist er auch noch unverwundbar. Vorausgesetzt, er hat mittlerweile nicht noch mehr Fähigkeiten gesammelt«, fuhr Sam fort.

»Die Unverwundbarkeit ist auf jeden Fall das größte Problem. Wie hat er diese Fähigkeit überhaupt bekommen? Ich meine, der vorherige Besitzer müsste doch auch unverwundbar gewesen sein. Dann wäre es doch so gut wie unmöglich gewesen, ihn umzubringen.«

»Da müssen wir Balduin fragen. Aber wenn wir Weiß nicht verletzen können, dann können wir ihn vielleicht grillen?«

Hervorragend. Anja versuchte erfolglos, ihr Kopfkino auszuschalten, aber Sam schien begeistert. »Vielleicht könntest du einen Schild um ihn herum machen, und ich setze ihn in Brand.«

Anja wurde übel. Selbst wenn das funktionieren sollte, wovon sie nicht ausging, sie würde unter keinen Umständen einen Menschen *grillen*.

»Hey, komm schon, es ist einen Versuch wert. Komm, wir besorgen uns einen Stuhl oder eine Strohpuppe, irgendetwas, das gut kokelt und dann setzen wir es in Brand.« Sam hatte plötzlich etwas von einem kleinen Jungen, der mit Streichhölzern spielen durfte.

»So funktioniert meine Fähigkeit aber nicht. Ich kann meinen Schild nicht einfach um Dinge herumlegen.«

»Aber du hast doch uns und die Reporter vor dem Deckeneinsturz beschützt.«

»Ich konnte das aber bisher noch nicht reproduzieren.«

»Dann versuch es jetzt. Ich bin hier, du bist hier. Was hast du zu verlieren.«

Der Geruch von verbranntem Fleisch stach ihr plötzlich in die Nase und das Schlimmste war, dass es sich wahrscheinlich nicht einmal um Einbildung handelte.

Sie versuchte abzulenken. »Dafür müsste ich mir erst mal meine Fähigkeiten wiederbesorgen.«

»Du hast sie tatsächlich abgegeben?«

»Klar. Das war doch Balduins Idee. Wir könnten Weiß in Nullkommanichts besiegen, wenn er keine Kräfte besäße. Und wir wissen zwar schon, dass man sie in Objekten speichern kann, aber bisher müssen sie ja willentlich abgegeben werden.«

»Oder derjenige muss sterben.« Eine kleine Flamme züngelte seinen Arm hinauf und leckte am Ärmel seiner Lederjacke.

»Oder das.« Was sie zu einer anderen sehr interessanten Frage brachte. »Warum gibt es eigentlich nur so eine kryptische Internetseite?«

»Was meinst du?«

»Na ja, diese Superkräfte.com. Da steht fast gar nichts drauf. Und das *was* drauf steht, ist mehr als spärlich.«

»Balduin hatte gerade erst mit der Seite angefangen, da hat Weiß die Flugkraft … gestohlen. Als wir rausgefunden haben, dass er noch andere Leute mit Superkräften um sich geschart hatte, und wir von seinem Geheimnis Wind bekommen haben, hat Balduin erst mal aufgehört, die Seite zu erweitern. Falls Weiß darauf gestoßen wäre, wollten wir ihm keine unnötigen Vorteile verschaffen. Wir haben sogar eine falsche Info eingebaut. Den Teil, dass man nicht über Wasser fliegen soll. Nur, damit Weiß denkt, dass die Seite Blödsinn ist, falls er sie doch findet.«

»Dann wäre es doch besser gewesen, sie ganz offline zu nehmen.«

»Vielleicht schon. Aber Balduins oberstes Ziel ist es, Leuten mit Fähigkeiten zu helfen, sich mit ihrer neuen Situation zurechtzufinden. Und sie vor den negativen Konsequenzen zu warnen, wenn irgendwie möglich. Also haben wir sie erreichbar gelassen.«

»Woher weiß er überhaupt so viel?«

Plötzlich wurde Sam ganz still und seine Lippen wurden schmal. »Er hat ganz persönliche Gründe.«

»Rache?«

»Seit Neuestem auch Rache.«

»Und ist er wirklich dein Vater?«

»So gut wie.« Es war ganz offensichtlich, dass Sam dazu kein weiteres Wort verlieren würde.

Die Tür ging auf und Herr Brenner kam mit dem Jungen herein. »Da haben Sie uns aber eine ganz schöne Aufgabe gestellt.«

»Was meinen Sie?«, fragte Anja.

»Nun, dieser junge Mann hier ist tatsächlich etwas ganz Besonderes. Die alleroberste Hautschicht lässt sich zwar durchbrechen, aber wir konnten kaum eine richtige Blutprobe bekommen, weil sich sein Gewebe darunter einfach nicht durchdringen lässt. Außerdem hat er jede unserer Waagen vernichtet. Nach unseren Abschätzungen ist er sogar schwerer, als wenn sein ganzer Körper aus Blei wäre. Im Grunde genommen dürfte er sich nicht einmal bewegen, geschweige denn atmen können.«

»Und was genau ist seine Fähigkeit?«, fragte Anja.

»Ich sagte doch, wir wissen es nicht. Die wenigen Blutstropfen, die wir entnehmen konnten, sind auf dem Weg ins Labor, aber wir versprechen uns nicht allzu viel davon. Wie gesagt, es war nur sehr wenig.«

»Das heißt, er ist schwer. Bist du auch stark?«, fragte Anja.

Der Junge sah zu Sam.

»Der ist in Ordnung«, sagte Anja. Plötzlich hatte sie eine Eingebung. »Er kann Feuer machen. Zeig's ihm Sam.«

Sam kam einen Schritt näher, hockte sich vor dem Jungen hin. »Weißt du, wir drei haben Superkräfte, wir müssen nur lernen, damit umzugehen. Sieh her.« Sam machte eine Faust und flickte dann, wie bei einem Feuerzeug, den Daumen hoch, der sofort in einer kleinen Flamme stand. »Super, oder?« Sam grinste. Die Augen des Jungen wurden riesig.

»Und, was kannst du?«, fragte Sam.

Erst sah der Junge verstohlen zur Erde, dann heftete sich sein Blick auf Sams Jacke.

»Was denn? Kannst du meine Klamotten verschwinden lassen?« Sam lachte.

Anja war fasziniert, wie lieb Sam sich um den Jungen kümmerte. Ob er sich selbst in ihm wiedererkannte?

Der Junge schüttelte auf Sams Frage hin den Kopf. Dann hob er vorsichtig die Hand über Sams Ärmel und plötzlich wurde Sams Arm angehoben.

»Machst du das?«, fragte Anja.

»Nein«, sagte Sam. »Ist das Telekinese?«, fragte er den Jungen, als sein Arm wieder herunterfiel.

Der schüttelte erneut den Kopf und deutete auf eine Niete am Ende von Sams Ärmel.

»Du bist magnetisch?«

Der Junge nickte.

»Dann kannst du ja froh sein, dass ich keine Aluminiumnieten habe.« Sam grinste und wuschelte dem Jungen durchs Haar.

Anja konnte dem Jungen ansehen, dass ihm das eigentlich gar nicht gefiel. Aber sie sah auch, wie froh er über die Zuneigung war. »Und jetzt finden wir deinen Namen heraus«, beschloss Anja. »Komm, wir besorgen dir einen Zettel, dann kannst du ihn aufschreiben.«

»Sie können sich Ihre Fähigkeiten übrigens wieder abholen«, sagte Herr Brenner, als Anja gerade den Raum verlassen wollte.

Ihr Herz machte einen Sprung und füllte sich mit Sonnenschein. »Danke schön.« Sie hatte keine Ahnung gehabt, dass sie diesen Teil von sich *so sehr* vermisst hatte.

»Weißt du«, sagte sie zu dem Jungen. »Du kannst deine Fähigkeiten nämlich auch abgeben, wenn du möchtest.«

Er beobachtete sie aus dem Augenwinkel. Anja konnte seine Gefühle nicht deuten. »Musst du natürlich nicht, wenn du nicht willst.«

Er wandte den Blick ab und Anja wünschte sich zum ersten Mal, dass sie Gretas Gedankenleserfähigkeit hätte.

NEBENWIRKUNGEN

Ben stand in seinem Büro und blickte auf die Stadt. Oder zumindest auf die Teile, die er durch den Nebel erkennen konnte.

»Was ist mit den Fähigkeiten, die gerade untersucht werden? Konnte die Firma etwas damit anfangen?«, fragte Balduin.

Ben drehte sich zu dem Mann im Rollstuhl um. »Es sieht so aus, als könnten wir bereits sehr bald die Möglichkeit haben, die Fähigkeiten gegen den Willen des Besitzers zu extrahieren. Der Prototyp ist fast fertig gestellt und er sieht vielversprechend aus. Natürlich können wir Genaueres erst sagen, wenn wir ihn ausreichend getestet haben.«

»Das wäre in der Tat eine hervorragende Neuigkeit. Insbesondere in Anbetracht der aktuellen Umstände.« Balduin nickte. »Ich habe kein gutes Gefühl bei der Sache.«

Ben war sich sicher, dass er von Weiß' Ankündigung und nicht mehr von dem Prototypen sprach.

»Ich auch nicht. Allerdings gibt es bisher keinerlei Hinweise auf seinen Aufenthaltsort. Und solange wir den nicht kennen …« Ben hätte ihm zu gerne von dem Asteroiden erzählt und gefragt, was er davon hielt.

Denn auf der einen Seite war der Zeitpunkt, den Weiß für seine Ankündigung gewählt hatte, viel zu passend, um tatsächlich ein Zufall zu sein. Auf der anderen Seite konnte Ben sich beim besten Willen keinen Reim darauf machen. Warum jetzt, nachdem der Point of no Return überschritten war?

Vielleicht konnte er keinen Zusammenhang erkennen, weil es einfach keinen gab. Also schwieg er.

»Leider kann ich an diesem Punkt auch nicht weiterhelfen«, sagte Balduin. »Seit Sams Undercoveraktion aufgeflogen ist, gibt es keine Spur mehr von ihm. Keiner meiner Informanten hat irgendetwas gehört und die alten Zufluchtsorte werden natürlich nicht weiter verwendet.« Er hob in einer fast schon verzweifelten Geste die Hände.

Ben seufzte und riss sich aus seinen Gedanken. »Aber Sie sind sicher nicht gekommen, um mit mir zu philosophieren. Wie kann ich Ihnen weiterhelfen?«

»Wie kommen Sie mit Ihrer Heilfähigkeit zurecht?«, fragte Balduin unverblümt.

Ben war überrascht. Damit hatte er gar nicht gerechnet. »Ich bin zufrieden. Wenn man von den Nebenwirkungen absieht, selbstverständlich.«

»Mit Nebenwirkungen meinen Sie wahrscheinlich, dass Sie die Wunden der verletzten Person in verminderter Form übernehmen?«

Ben nickte. »Sicher. Und den enormen Kalorienbedarf im Anschluss. Beziehungsweise scheint insbesondere Zucker notwendig zu sein.«

»Natürlich ist Ihnen klar, dass Sie an den Folgen sterben können? Zum Beispiel, wenn Sie eine tödliche Wunde übernehmen und wahrscheinlich auch dann, wenn sie zu viele Menschen in zu kurzer Folge heilen.«

»Selbstverständlich. Über die genauen Grenzen kann ich mir noch kein Urteil erlauben. Aber ich bin mir ihrer durchaus bewusst.«

Balduin nickte lange, die Lippen fest zusammengekniffen, bevor er weitersprach. »Allerdings sollten Sie wissen, dass Sie auch ohne jede aktive Heilung an den Nebenwirkungen dieser Fähigkeit sterben können.«

Ben zog die Brauen hoch. »Was meinen Sie damit?«

»Nun, es ist ziemlich offensichtlich, dass die Fähigkeit auch Ihren eigenen Körper in rasanter Geschwindigkeit heilen lässt.«

Rasant war gar kein Ausdruck.

»Diese Heilung hört auch dann nicht auf, wenn Sie gerade keine offensichtlichen Wunden haben. Jetzt gerade, in diesem Augenblick werden Zellschäden geheilt, von denen ein normaler Mensch nicht einmal weiß, dass er sie hat.«

Das klang unglaublich faszinierend. »Das klingt mir nicht nach einer Nebenwirkung. Das klingt sogar fast nach Unsterblichkeit.« Schließlich war das doch die normale Todesursache. Versagen der Organe durch Verschleiß. Aber wenn es keinen Verschleiß mehr gab …

»Ich weiß, wie es auf den ersten Blick aussieht. Aber glauben Sie mir, das ist nur eine Glasscherbe, die von weitem glitzert, kein Juwel. Denn so einfach ist es leider nicht. Denn diese ständige Regeneration bezieht sich auf *alle* Zellen Ihres Körpers. Sie versetzt diese ständig wieder in den ursprünglichen Zustand zurück. Und genau das geschieht irgendwann auch in Ihrem Gehirn.«

Balduin machte eine Pause und ließ die Information einsinken.

Ben versuchte, die Ausmaße dessen zu begreifen, was Balduin gerade formuliert hatte. »Das heißt, ich werde vergesslich?«

Wenn die Nervenbahnen immer wieder auf null zurückgesetzt wurden, dann bedeutete das, er würde nie wieder etwas behalten. Aber was war der Nullpunkt? Was war der *Anfang,* auf den sie zurückgesetzt wurden. Gab es überhaupt irgendwelche Erinnerungen, die bleiben würden? Und wann würde es so weit sein?

Die Erkenntnis traf ihn wie ein Faustschlag in die Magengrube. Solange Weiß jederzeit auf ihrer Türschwelle auftauchen konnte, war es viel zu riskant, die Fähigkeit abzulegen. Das hieß, er würde irgendwann auch Anja verlieren. Er würde sie nicht mehr erkennen, auch wenn sie direkt neben ihm stand.

»Sie haben insofern Glück, weil diese Fähigkeit Zeit braucht, um sich zu entwickeln. So wie jede andere. Das heißt, sie vergrößert sich erst mit der Zeit. Im Augenblick dürfte noch keine Gefahr bestehen. Aber je öfter sie benutzt wird und je länger sie in Ihrem Besitz ist …«

»Aber, wenn ich die Fähigkeit ablege, hört es auf?«

»Dann sollte Ihr Körper sich wieder im normalen Maß regenerieren. Aber was einmal vergessen ist, bleibt natürlich vergessen.«

Ben ließ sich auf seinen Stuhl fallen. Diese Fähigkeiten waren ein Fluch.

Egal, was man von ihnen halten mochte. Jede von ihnen hatte ihren eigenen Preis und der war ganz offensichtlich nicht gerade gering.

Er fragte sich, womit Sam bezahlte, und dachte mit Bauchschmerzen an den schweigsamen Jungen. Was es ihn wohl bereits gekostet hatte? »Woher wissen Sie das alles?«, fragte er schließlich.

Balduin sah lange schweigend zum Fenster heraus, bevor er antwortete. »Sagen wir einfach, ich kannte eine frühere Besitzerin dieser Fähigkeit.« Er sprach nicht weiter, aber das war nicht notwendig.

Ben war sich ganz sicher, dass sie ihre Fähigkeit nicht überlebt hatte, und bohrte nicht weiter.

***

Nachdem sie die kleine Schachtel abgeholt und zurück in die Arena gegangen waren, hatte Peter seinen Namen auf ein Blatt Papier geschrieben. Natürlich hatte Anja gefragt, wo er herkam, wer seine Eltern waren und wen sie verständigen konnten. Aber der Rest des Zettels war weiß geblieben. Jetzt stand er mit großen Augen neben ihr und sah, wie sie die metallische Kugel in ihrer Hand wog.

Anja schloss die Finger um die bläulich schimmernde Sphäre und drückte so fest zu, wie sie konnte.

Sie wartete auf ... auf irgendetwas. Ein Glühen, ein Kribbeln, Wärme. Aber nichts passierte. Nur die Metallkugel hörte völlig unspektakulär auf zu glimmen.

Unsicher hob sie die Hand, der Schild flackerte kurz auf und spannte sich dann in der gewohnten weißblauen Sphäre um ihren Körper. Sie war erleichtert, ihn wieder zu haben, und schaltete ihn aus. Dann griff sie zu der leeren Mulde in der kleinen Kiste, legte sich die unsichtbare Kugel in ihre Handfläche und drückte zu. Wieder kein *echtes* Gefühl. Das silberne Metall wurde sichtbar, mehr nicht. Sie hob ihre Hand, betrachtete ihre Finger, ein kleines Kitzeln und danach war die Wand dahinter zu sehen, aber kein Fitzelchen Haut oder Stoff oder Anja. Testweise griff sie durch den Schreibtisch hindurch und als sie sicher war, dass alles wie gewohnt funktionierte, stellte sich eine zufriedene Sicherheit ein und sie materialisierte ihre Finger wieder.

Ganz aufgeregt kritzelte Peter etwas auf seinen Zettel. »Wie funktioniert das?«

Oh, das war eine gute Frage. Es machte wohl wenig Sinn, ihm etwas von einem multidimensionalen Phasensprung zu erzählen.

Das musste doch irgendwie einfacher zu erklären sein. »Darf ich?« Sie deutete auf das Blatt in seiner Hand und bekam auch noch den Bleistift dazu. »Schau mal hier, dieses Papier, das ist unsere Welt und diese Punkte hier, das sind du und ich und alle anderen Menschen auf dieser Erde. Wir leben in diesen zwei Dimensionen, mehr können wir nicht sehen oder begreifen. Aber es gibt noch mehr Dimensionen. Und wenn es jetzt einer der Punkte schaffen könnte, in die Höhe zu springen«, sie hob den Stift vom Papier ab, »dann würden alle anderen Punkte glauben, er wäre verschwunden, obwohl er eigentlich noch genau da ist, wo er immer war, nur eben in einer anderen Dimension.«

Der Mund des Jungen klappte auf.

»Aber natürlich könnte der Punkt in dieser anderen Dimension nicht überleben, weil er dort nicht hingehört. Wir vermuten deshalb, dass meine Fähigkeit eine Art Vibrieren ist. Ich hüpfe quasi ganz kurz nach oben und bin direkt wieder hier, aber so schnell und so oft, dass es aussieht, als wäre ich gar nicht vorhanden. Und wenn ich das schnell genug mache, dann kann ich sogar durch Wände hindurchgreifen, weil die auch nur auf dem Papier, aber nicht in der anderen Dimension existieren.« Anja hoffte, dass sie das halbwegs ordentlich erklärt hatte. »Klingt das logisch?«

Peter nickte mit großen Augen.

»Und, können wir loslegen?«, fragte Sam.

»Ich werde niemanden grillen«, sagte Anja und stemmte entschlossen die Hände in die Hüften.

»Das sagst du jetzt. Trotzdem kann es sein, dass wir vielleicht keine andere Möglichkeit haben.«

Anja versuchte, die Übelkeit zu unterdrücken. Sie würde niemanden grillen, basta. Allerdings wüsste sie tatsächlich gerne, wie sie ihren Schild übertragen konnte. Immerhin hatte es schon einmal funktioniert.

»Fangen wir mit einem Stuhl an«, sagte Sam und schürbelte schwungvoll einen Plastiksitz in die Mitte der Halle.

»Das haben wir bereits gemacht.«

»Egal, probier's noch einmal.«

Anja konzentrierte sich auf den Stuhl und schaltete den Schild ein. Nichts.

Noch einmal.

Erst auf sich. Sofort war der Schild da. Dann auf den Stuhl. Nichts.

Stuhl. Nichts. Stuhl, Stuhl, Stuhl.

»Nichts«, sagte sie.

»Was ist mit dir *auf* dem Stuhl?«

»Das sollte hinhauen.« Immerhin hatte sie bisher noch nie ihre Kleider abgestoßen – zum Glück.

Sie setzte sich auf den Stuhl, schaltete den Schild ein und diesmal schloss sich der Schild um sie samt Stuhl.

»Okay, was ist mit mir?«, fragte Sam.

Anja konzentrierte sich auf den blonden jungen Mann, der herausfordernd die Arme ausbreitete. Nichts.

Noch einmal. Erst auf sich. Schild. Dann auf ihn. Nichts.

Nur auf ihn. Nichts.

Auf beide. Nichts.

Auf Sam. Nichts.

Die Tür ging auf und Ben trat herein. Sofort steckte er in einer eigenen, weißblau glühenden Sphäre. Ein perfekter Schild hüllte ihn ein und hinderte den verdutzten Balduin daran, mit seinem Rollstuhl in den Raum zu kommen.

»Was ist das?«, fragte Ben.

»Ein Schild – offensichtlich«, konterte Sam.

Anja war sprachlos. Wieso funktionierte es bei Ben? Schnell ließ sie den Schild fallen.

»Wie hast du das angestellt?«, fragte Ben.

»Ich … ich weiß es nicht. Die Unsichtbarkeit funktioniert nur bei Berührung. Das hier … war neu.«

»Probier es noch mal«, sagte Balduin und kam ganz in die Arena.

Anja konzentrierte sich auf Ben. Nichts geschah.

Aber gerade hat es doch noch funktioniert.

Sie fing wieder bei sich selbst an. Der Schild flammte auf, dann konzentrierte sie sich auf Ben und sofort befand er sich in seiner eigenen schimmernden Blase.

Sie ließ ihn fallen, fing von vorne an. Und wenn sie bei sich selbst begann, funktionierte es jedes einzelne Mal.

Als sie so in ihren glühenden Blasen standen, versuchte Anja sich noch einmal auf Sam zu konzentrieren, aber der blieb schildlos. Balduin. Peter. Nichts geschah.

»Ich wüsste gerne, warum es nur bei dir funktioniert.«

Balduin fuhr um die beiden Sphären herum. »Was passiert, wenn ihr euch berührt?«

Anja machte einen Schritt auf Ben zu, kurz bevor die beiden Schildblasen Gelegenheit hatten sich zu treffen, dehnten sie sich zueinander hin und verschmolzen plötzlich wie zwei Wassertropfen, die sich auf einer Glasscheibe berühren. Ohne Probleme umschlossen sie den Stuhl und Peter, der zufällig in der Nähe stand.

Anja bestaunte das Ergebnis. Und gleichzeitig fühlte sie sich durch die vielen neugierigen Augen irgendwie unwohl – beobachtet. So, als wäre dieser gemeinsame Schild irgendwie etwas sehr Intimes. Als würde er etwas bedeuten, dass sie noch nicht greifen konnte.

Bens Telefon vibrierte. Er betrachtete die Nachricht, lächelte kurz und wischte sie zur Seite.

»Ich finde, sie ist zu groß«, sagte Sam und legte den Kopf zur Seite.

Anja war verwirrt. »Was meinst du?«

»Meine Schulzeit ist schon was her. Aber wenn man von einer Kugel den Inhalt verdoppelt, dann ist sie doch nicht doppelt so groß, oder?«

»Bitte was?« Anja war völlig verwirrt.

Balduin rollte dichter heran. »Er meint, der Durchmesser sollte nicht doppelt so groß werden. Und er hat recht. Stell dir vor, du schälst zwei gleich große Orangen.« Er formte mit der linken Hand einen Kreis. »Und legst die Schalen wieder zu einer Kugel zusammen. Dann ist das Ergebnis nicht wesentlich größer als eine einzelne Orange.« Er machte den Kreis ein wenig größer. »Ich kann es dir auch vorrechnen, aber ich bin sicher, du kennst die Formeln.« Nun benutzte er beide Hände, um einen wesentlich größeren Kreis zu formen. »Bei dir sieht das Ergebnis allerdings größer aus, als es sein sollte. Verstehst du?«

»Du meinst, dass wir zusammen eine größere Schildsphäre erzeugen, als entstehen würde, wenn man einfach nur zwei Schilde aneinanderklebt?« Aus unerfindlichen Gründen passte es ihr nicht, dass er ihre Sphäre so analytisch betrachtete. Sie fühlte sich immer noch beobachtet.

»Genau.«

»Aber das würde heißen, dass unsere Verbindung Energie erzeugt?«

»Es sieht für mich so aus. Ich sage doch, bei diesen Fähigkeiten hat alles immer mit Verbindungen zu tun.« Balduin kratzte sich nachdenklich am Kinn.

Wenn das stimmte, dann könnte das vielleicht noch nützlich werden, im Kampf gegen Weiß.

Anja versuchte ein Gefühl für die Größe der Kugel zu bekommen, in der sie stand. Aber von innen war das gar nicht so einfach.

»Vielleicht, vielleicht auch nicht. Dazu müssten wir das vernünftig ausmessen.« Sie wusste nur zu gut, wie sehr einen das Auge täuschen konnte.

Sie ließ den Schild fallen und fühlte sich gleich ein ganzes Stück wohler. Ohne, dass sie genau sagen konnte, woher diese Empfindung kam, dass der gemeinsame Schild sich so … privat anfühlte.

Mehr, um abzulenken, fragte sie: »Und? Habt ihr irgendeinen Anhaltspunkt, wo Weiß sich aufhält?«

»Nein. Absolut gar nichts. Die Visitenkarten haben nichts ergeben, die Nummern sind natürlich nicht erreichbar«, sagte Ben.

»Dann können wir nur hoffen, dass die Regierung seine Drohung ernst nimmt und die ihn finden, bevor er ernst macht.«

Anja hatte ein unglaublich flaues Gefühl im Magen, der sich auf die Größe einer Walnuss zusammenzog. Irgendetwas sagte ihr, dass diese Sache ganz und gar nicht gut ausgehen würde.

Und das Schlimmste an der Sache war, dass sie nur hilflos daneben sitzen und zugucken konnte.

Genau wie bei diesem Asteroiden. Was nützten ihr all ihre Fähigkeiten, wenn sie im Zweifelsfall nichts weiter tun konnte, als Däumchen zu drehen?

THEORIEN

»Wen haben wir eigentlich hier?«, fragte Balduin.

Peter strich sich nervös den langen Pony aus dem Gesicht, der sofort wieder über sein Auge fiel.

Balduin fuhr mit dem Rollstuhl an den Jungen heran und streckte die Hand aus. »Hi, man nennt mich Balduin.«

Peter nahm zögerlich die Hand und nickte.

»Das ist Peter«, sagte Anja.

»Und du gehörst eher zu der stillen Sorte, nehme ich an.« Balduins Augen funkelten mit einem verschwörerischen Lächeln. »Kann ich gut verstehen, da könnte sich der eine oder andere Politiker ein Beispiel dran nehmen.«

Peters Mundwinkel zuckten unsicher.

»Weißt du, was für eine Fähigkeit du hast?«

Peter schüttelte nur halb den Kopf und blickte dann zu Anja.

Die erklärte: »Wir wissen nur, dass er unheimlich schwer ist, dass Messer und Spritzen ihn zwar verletzen, aber nicht wirklich in ihn eindringen können, und dass er magnetisch ist – zumindest ein bisschen.«

Sam grinste. »Einen ganz schön schweren Jungen haben wir hier also.«

Anja knuffte ihm in die Seite.

»Was denn?«

Peter kritzelte etwas auf seinen Zettel und hielt ihn hoch. »Warum?«, stand darauf in krakeligen Buchstaben.

»Warum was?«

Er deutete auf Sam und Anja und sich.

»Du meinst, wo die Superkräfte herkommen?«, fragte Anja.

Balduin seufzte. »Diese Frage habe ich mir auch lange gestellt. Aber leider gestaltet sich die Recherche ziemlich schwierig. Es gibt die wildesten Geschichten in unserer Mythologie, aber worauf sie basieren, ist schwer zu ergründen. Echte Fähigkeiten? Halluzinationen? Geltungsbedürfnis? Oder vielleicht hatte der Erzähler auch nur einen über den Durst getrunken. An echte Beweise ist schwer heranzukommen.«

»Aber trotzdem muss es doch irgendeine Theorie geben«, sagte Anja.

»Ein alter Freund von mir – ich glaube, du hast ihn in einem Teeladen kennengelernt – denkt, dass es sich tatsächlich um magische Fähigkeiten handelt, die einfach schon immer existiert haben. Ich persönlich halte das für Humbug. Ich könnte mir viel eher vorstellen, dass irgendwann Außerirdische auf der Erde gelandet sind. Das mag vielleicht im ersten Moment genauso verrückt klingen. Aber um tatsächlich unseren Planeten zu besuchen, müssten sie eine unglaublich fortgeschrittene Technologie besessen haben. Sodass nicht unbedingt alle Teile ihres Schiffs materiell waren. Das heißt, die Kräfte sind so etwas wie Komponenten ihres Raumschiffs. Ein Tarnschild, eine Verteidigungsanlage, ein Antrieb und so weiter.«

Natürlich klang das wie aus der untersten Schublade der Verschwörungstheoretiker. Aber Anja war erschreckt, wie logisch das gleichzeitig schien.

»Einig sind wir uns auf jeden Fall, dass diese Fähigkeiten schon seit Urzeiten auf der Erde existieren müssen. Wenn wir sie immer wieder in neuen Kombinationen zusammenwürfeln, würde das einfach unglaublich viele der Göttermythen erklären, zahllose alte Geschichten, die sich mit der uns bekannten Physik nicht verstehen lassen. Zeus zum Beispiel, der Blitze schleudert und sich in unterschiedliche Gestalten verwandelt. Thor herrscht über Donner, Blitze und Kraft. Baal, der über das Wetter herrscht und fliegen kann. Das sind nur einige wenige Beispiele. Natürlich kann ich nicht mit Sicherheit sagen, dass diese Theorie stimmt. Aber immerhin wären die Fähigkeiten, die wir im Augenblick beobachten, damit kein plötzlich auftauchendes Phänomen mehr, sondern lediglich ein fester Bestandteil unserer Geschichte.«

»Aber warum ist dann noch nie jemand in den Medien aufgetaucht?«

Balduin lachte. »Sind sie doch. Schau dich doch an. Du hast dich freiwillig und in aller Öffentlichkeit hingestellt und deine Fähigkeiten präsentiert. Und? Haben sie dir geglaubt?«

Anja schob die Unterlippe vor. »Es hat schon mehr als ein Geheimdienst versucht, mich abzuwerben.«

»Okay, die Geheimdienste. Aber wie groß ist der Anteil der normalen Bevölkerung, die dir Glauben schenken?«

»Nicht groß«, musste sie widerwillig eingestehen.

»Eben. Der Mensch ignoriert, was er nicht versteht.«

»Manche bezichtigen mich auch als Dämon oder Hexe.« Sie rieb sich die Oberarme, als sie an die Messerattacke vor ein paar Stunden dachte. Sie musste mit Ben sprechen, wie das mit ihrer Zeugenaussage aussah. Was geschah eigentlich mit den ganzen Verbrechern, wenn das Ende der Welt vor der Tür stand? »Auf jeden Fall gibt es auch genug, die zumindest glauben, dass ich irgendwie anders bin.«

»Du hast dich aber auch öffentlich hingestellt und die Hosen runtergelassen. Ich kenne außer dir niemanden, der bisher dazu bereit gewesen wäre. Wenn überhaupt, gibt es halbseidene Aussagen aus zweiter oder dritter Hand. Denk doch nur an all das, was du normalerweise als unglaubwürdig abtust. Es gibt tonnenweise Berichte über spontane Selbstentzündungen, UFO-Sichtungen und vieles, vieles mehr. Aber wer schenkt dem denn ernsthaft Glauben?« Er machte eine dramatische Pause und Anja hatte den Verdacht, dass er diese Rede nicht zum ersten Mal hielt.

»Außerdem«, fuhr er fort. »Stell dir einmal vor, was passieren würde, wenn du einen waschechten Alien sehen würdest, der die Straße hinunterspaziert. Stell es dir bildlich vor. Würdest *du* ernsthaft glauben, dass es sich um einen Außerirdischen handelt? Oder würdest du vielleicht eher annehmen, dass sich da gerade jemand einen Scherz erlaubt?«

Anja brauchte nicht zu antworten und Balduin ließ ihr auch gar keine Zeit.

»Nein. Ich sage, selbst das größte Wunder der Weltgeschichte könnte genau vor unserer Nase passieren und wir würden es nicht einmal mitkriegen, weil wir viel zu beschäftigt damit wären, rationale Erklärungen dafür zu finden. Im besten Fall landet es in irgendeiner Klatschkolumne.«

Anja musste das ein bisschen sacken lassen. Wie oft hatte sie sich selbst über solche *Nachrichten* lustig gemacht. Aber was, wenn wesentlich mehr daran war, als sie bisher zu akzeptieren bereit war?

»Dazu kommt noch, dass die Leute, die Fähigkeiten erhalten, ja keine Ausbildung bekommen. Viele wissen also nicht einmal, dass sie überhaupt besondere Kräfte besitzen. Dieser Müller zum Beispiel, der von dem unsichtbaren Hochhaus gefallen ist; der, von dem Ben seine Heilfähigkeit hat.«

Anja nickte bei dem Gedanken an den Mann, den sie in Notwehr vom Dach gestoßen hatte.

»Der hatte sie wiederum von einem Arzt hier in der Stadt. Wetzlaf hieß der gute Mann. Eine absolute Koryphäe auf seinem Gebiet. Heilungsquoten weit jenseits von Gut und Böse. Und, wenn man den Berichten Glauben schenken darf, eins der größten Egos seit Menschengedenken. Ich würde meinen Rollstuhl darauf verwetten, dass er keinen Schimmer davon hatte, dass sein Erfolg etwas mit einer mysteriösen Heilfähigkeit zu tun hatte.«

Wahrscheinlich hatte Balduin recht. Die Fähigkeiten kamen ohne Gebrauchsanweisung. Das war ja der Hauptgrund gewesen, warum sie sich entschlossen hatte, an die Öffentlichkeit zu treten. Aber das war sicherlich nicht jedermanns Sache.

»Und wenn sie am Ende nicht von einem Sammler getötet werden, dann sterben sie unter Umständen vielleicht, weil sie einfach nicht mit dieser Gabe umgehen können. Meinen ersten Kontakt mit diesen Fähigkeiten hatte ich, als ein junger Mann mit voller Wucht in eine Hauswand geflogen ist. Kann mir nicht vorstellen, dass das Absicht war.«

Peter schlug die Hände vor den Mund.

»Ich glaube, es reicht jetzt«, sagte Anja und legte dem Jungen den Arm um die Schulter.

»Eigentlich ist es nur gut, wenn der Junge die Wahrheit kennt. Wahrscheinlich wäre er mehr als nur gut beraten, seine Fähigkeit einfach abzugeben. Diese Dinger sind gefährlich und in den falschen Händen in jedem Fall tödlich.«

»Anja hat recht«, fiel Sam ein. »Das war 'ne lange Predigt. Was der Junge jetzt wirklich braucht, ist 'ne große Pizza, eine Riesenpackung Popcorn und irgendeinen Actionstreifen. Was meinst du?«

Peters Augen begannen zu leuchten.

Anja schüttelte mit einem Lächeln den Kopf. »Und was guckt ihr?«

Sam zuckte mit den Schultern. »Keine Ahnung. Irgendwas mit Superhelden, schätze ich.« Er grinste.

EINSCHLAG

Anja stand vor der Kommode und betrachtete die Sachen, die sie eben eingeräumt hatte.

Es ist zwecklos.

Auch die Schublade neben ihrer war aufgezogen und dort reihte sich ein T-Shirt fein säuberlich an das andere. So ordentlich, als hätte Ben ein Lineal benutzt, um sie aufzureihen.

Es war zum Schreien.

Obwohl sie sich beim Falten extra Mühe gegeben hatte, herrschte in ihrer eigenen Schublade Unruhe. Kein Wunder, dass sie Falten hasste. Genau wie Bügeln.

Sie blickte in den Spiegel, fixierte das orangefarbene Monster mit Sonnenbrille auf ihrem Pullover und dachte an die Zukunft.

An Jack, an Ordnung, an ihren Vater, an Peter und Sam und Balduin und an die Drohung im Fernsehen. Und in ihr brodelte eine heiße Suppe aus Angst und Verzweiflung. Nur an den Asteroiden dachte sie nicht. Sonst wäre die Suppe übergekocht und hätte ihre Innereien verbrannt.

»Denkst du, wir wachen morgen auf und Weiß hat seine Drohung wahrgemacht?«, rief sie Richtung Küche.

Während wir dumm herumgesessen und gar nichts gemacht haben.

Hilflosigkeit mischte sich in das Gefühlschaos in ihrem Innern und ließ die Suppe aufschäumen.

»Ich weiß es nicht.« Er stand in Jeans und T-Shirt im Türrahmen. Anja zuckte, weil er so nah war.

Ob er schon lange dort gestanden hat?

»Hast du mich beobachtet?« Sie schob verlegen die Schubladen zu und sah ihn an.

»Vielleicht ein wenig.« Er lächelte. »Ich habe übrigens etwas für dich. Ich wollte es dir eigentlich gestern schon geben, aber es ist irgendwie untergegangen.«

Ben zog eine kleine, schwarze Schatulle aus der Hosentasche.

»Was ist das?«

»Das musst du schon selbst herausfinden.« Er hielt ihr das Kästchen entgegen und Anja öffnete es andächtig.

Auf dem schwarzen Samt glitzerte eine klare, grüne Träne mit geschliffenen Facetten, eingeschlossenen von einem silbernen Ornament, das eine winzige Kerbe in der unteren rechten Ecke trug.

Anjas Mund klappte auf. Das Brodeln in ihrem Innern gefror.

Das war die Kette, die sie sich vor einem halben Leben fast selbst gekauft hätte. Die Kette, die sie aus Versehen gestohlen und zurückgegeben hatte.

»Ich habe gehört, ihr beiden habt eine Geschichte.«

Jessica.

Er grinste und sie wusste nicht, was sie sagen sollte.

»Was ist? Gefällt sie dir nicht?«, fragte er.

»Doch. Natürlich. Sehr.« Sie schluckte. Immerhin hatte sie einmal lange gespart, um sich genau diese Kette leisten zu können. »Es ist nur … du solltest wirklich nicht so viel Geld für mich ausgeben.«

»Ich werde meiner Freundin wohl eine Kette schenken dürfen, wenn ich das möchte.« Er machte eine Pause und schien zu beobachten, wie Anja darauf regierte.

Freundin.

Irgendwie gefiel ihr das und irgendwie war es noch viel zu wenig. Sie schalt sich selbst. Das war Unfug. Beziehungen brauchten Zeit. Viel mehr Zeit als das.

Vielleicht haben wir diese Zeit nicht.

»Sind wir denn zusammen?«, fragte Anja und hätte es im selben Atemzug am liebsten wieder zurückgenommen.

»Nur, wenn du möchtest.« Zum ersten Mal klang er unsicher.

»Haben wir denn überhaupt eine Chance?«

»Wieso nicht?«, fragte er und es klang nach einer Herausforderung.

»Wir sind so unterschiedlich. Du machst Sport, mich kriegst du nur zum Laufen, wenn du mich jagst. Du bist so ordentlich, dass man bei dir vom Fußboden essen kann. Bei mir kannst du froh sein, wenn du den Boden überhaupt findest.«

Er lachte.

Anja sah ihn verwirrt an.

»Ich dachte, du redest über das Ende der Welt, und du sprichst von Krümeln auf dem Boden. Das macht doch nichts. Natürlich wird es Probleme geben und wir werden uns sicher auch streiten. Aber eine Beziehung ist doch mehr als aufgeräumte Schubladen, Sport und – wilder, hemmungsloser Sex.« Er grinste und zog sie zu sich heran.

Anja schüttelte lächelnd ihren Kopf, legte ihn an seine Brust und er küsste ihren Schopf.

»Und was ist mit Jack?«, fragte sie schließlich. »Ich dachte, du kannst ihn nicht leiden, weil er zu viele Haare hat.«

»Ich glaube, ich mag Haare.« Er lachte leise, dann hob er ihr Kinn und sah ihr tief in die Augen. »Wenn wir das hier überleben …«

Wenn, nicht falls.

»Dann können meinetwegen zehn Katzen bei uns einziehen – das heißt, solange ich eine zweite Reinigungskraft einstellen darf.«

»Ist das dein Ernst?«

»Natürlich ist das mein Ernst.« Er küsste zärtlich ihre Lippen und Anja spürte, wie sich eine Mischung aus Erleichterung und Wärme in ihr ausbreitete, sich in jede Faser ihrer Existenz hineinsaugte und dort festsetzte.

Er gehörte zu ihr.

Und das war viel wichtiger als das Ende der Welt.

Das war ihr plötzlich so klar wie das Glitzern in der grünen Träne, die er ihr geschenkt hatte.

Er war immer so still, so unnahbar. Manchmal blitzte für einen kurzen Augenblick etwas von seiner Wärme durch. Aber meistens trug er die Maske des kühlen Geschäftsmannes mit makelloser Präzision.

Aber jetzt, in diesem Augenblick, war er echt. »Ich liebe dich«, flüsterte sie.

Er strich ihr eine Haarsträhne hinter das Ohr. »Und ich möchte so viel Zeit mit dir verbringen wie möglich. Ganz egal, wie viel wir davon noch haben.«

Wie konnte ihr das Schicksal so einen Mann wie Ben zum Geschenk machen, nur, um ihr im gleichen Augenblick die Erde unter den Füßen wegzureißen?

Statt einer Antwort küsste sie ihn, erst zärtlich, dann fordernd und schließlich mit einer Leidenschaft, die all ihre Gefühle auf einen einzigen glühenden Punkt vereinte, in dem sich ihre Seelen trafen und in einem Feuerwerk aus singenden Lichtern auf ewig verbanden.

***

Sie lagen im Bett, es war spät und dunkel. Laternenlicht malte das Zimmer grau an und Autoscheinwerfer zeichneten wandernde Schatten.

»Mein Bruder hat angerufen«, sagte Ben unvermittelt.

Anja schmiegte sich näher an ihn heran. »Geht es ihm gut?«

Sie konnte das Lächeln in seiner Stimme hören. »Ja, ihm und seiner Familie geht es gut. Er war ganz aufgeregt. Eine weißblaue, durchsichtige Sphäre hat ihn eingehüllt. Seine Nachbarin, die zufällig gerade neben ihm stand, wurde davon weggestoßen. Die Gute hätte fast einen Schlaganfall bekommen.«

Anja richtete sich auf. »Ein Schild?« Sie konnte es nicht fassen. »*Mein* Schild?«

»Ich nehme es zumindest an. Erinnerst du dich, dass ich eine SMS bekommen habe? Die war von meinem Bruder. Und kurz darauf hat er mich ganz aufgeregt angerufen und von einem magischen Phänomen gesprochen. Wenn es nicht von dir gekommen wäre … der Zufall wäre einfach zu groß.«

»Aber wie ist das möglich?«

»Es wird noch besser. Habe ich dir eigentlich schon erzählt, wo mein Bruder wohnt?«

»Ich glaube nicht.«

»Sebastian lebt mit seiner Familie in Vermont.«

Anja schnappte nach Luft. Sie konnte es nicht glauben. Wieso sein Bruder? Wieso in Amerika, über einen ganzen Kontinent hinweg?

Waren ihre Fähigkeiten so massiv gewachsen?

Aber warum funktionierten sie dann nicht bei Sam und den anderen? Wieso bei Bens Bruder, den sie noch nie in ihrem Leben getroffen hatte?

Ben zog sie wieder an sich. »Ich denke, wir sollten ein paar Tests machen, sobald sich die Gelegenheit ergibt.«

Anjas Gedanken rasten mit der neuen Information. Sie brauchte lange, bis sie es endlich schaffte einzuschlafen.

***

In der Nacht hatte es angefangen zu regnen und der Morgen blieb dunkel. Ein undurchdringliches Schweigen hing im Raum und malte greifbare Stille zwischen ihre Herzschläge.

Der Fernseher lief. Speck brutzelte scheinbar lautlos in der Pfanne. Und das Warten dehnte jeden Atemzug zur Ewigkeit.

Als sein Gesicht erschien, griffen kalte Finger in Anjas Brust hinein und ätzten Frostblumen auf ihre Seele.

»Ihr wolltet mir nicht glauben.«

Anjas Puls setzte aus. Zwei. Drei. Vier.

»In vierzehn Hauptstädten hat vor wenigen Minuten der Blitz eingeschlagen. Unantastbare Regierungsoberhäupter sind tot. Und das ist eure eigene Schuld. Ihr musstet mich testen. Jetzt kennt ihr die Wahrheit und meine Macht.«

Anja hob die Finger an die Lippen. »Mein Gott, er hat es tatsächlich getan?« Ihre Stimme war kaum ein Flüstern.

Ben trat neben sie und legte seinen Arm um ihre Schultern.

»Ihr wollt euch nicht vorbereiten? Ich werde euch zeigen, was das bedeutet. Weltraumforschung ist euch zu realitätsfern? Ich zeige euch, was Realität ist. Gerade jetzt, in diesem Augenblick, befindet sich ein Asteroid auf dem Weg zu unserer Erde. Hätten wir unsere Forschungen vorangetrieben, hätten wir Weltraumaufzüge und Abwehrsysteme gebaut, wie ich es schon seit Jahren fordere, dann wären wir vorbereitet. Aber so sind wir nackt. Hilflos wie ein Baby in einem Waldbrand und müssen auf unser Ende warten.« Er machte eine dramatische Pause. »Allerdings gebe ich euch eine allerletzte Chance. Wenn ihr meiner Forderung rechtzeitig nachkommt. Wenn ein globaler Fond eingerichtet wird, mit mir als ersten Vorsitzenden, dann werde ich meine Fähigkeit benutzen, um den Asteroiden abzulenken. Ihr habt gesehen, wozu ich in der Lage bin. Helft mir, der Welt zu helfen. Wenn nicht, ist das Jüngste Gericht eure gerechte Strafe. Macht euch auf das Ende gefasst.«

***

Ben wurde bereits am Empfang informiert, dass Balduin, Sam und der Junge in seinem Büro auf ihn warteten. Er nahm Anja mit nach oben.

Als sie das Zimmer betraten, fiel Balduin förmlich über ihn her. »Zwölf Menschen sind tot, drei davon Regierungsoberhäupter. Haufenweise Verwundete. Und was soll das mit diesem Asteroiden? Kann das überhaupt stimmen? Wir hätten Weiß ausschalten sollen, als wir die Gelegenheit dazu hatten.«

Ben zögerte mit seiner Antwort.

»Das hätte nichts genützt«, sagte Anja an seiner Stelle. »Wenn er wirklich verantwortlich für den Asteroiden ist, dann hat er diesen Plan schon vor langer Zeit in Gang gesetzt.«

»Sie wussten davon?«, fragte Balduin fassungslos.

»Was heißt, *wenn*«, fiel Sam ihm ins Wort. »Sind wir denn nicht sicher, dass *er* verantwortlich ist? Soll das wirklich Zufall sein, dass gerade jetzt ein Asteroid genau auf die Erde zuhält?«

»Möglich, aber nicht wahrscheinlich«, sagte Ben. »In der Tat war es die Firma von Weiß, die die Antriebssysteme für eine Sonde gebaut hat, die auf eben diesem Asteroiden gelandet ist. Womit ich Ihre Frage beantworten möchte: Ja, ich wusste von dem Asteroiden.«

»Und was wurde unternommen?«

»Nicht so viel, wie mit ordentlicher internationaler Kooperation hätte getan werden können. Aber immer noch einiges. Eine zweite Sonde wurde gestartet, die aber leider bei der Landung zerschellt ist. Außerdem arbeiten wir zurzeit an einem Nuklearschlag.«

Anja konnte spüren, wie sehr Ben sich überwinden musste, über alles zu sprechen. Aber es machte keinen Sinn, es länger geheim zu halten. Die Regierungen mussten jetzt Stellung beziehen und es war gar keine Frage, was als Nächstes zu geschehen hatte. »Wir müssen ihn finden und wir müssen ihn aufhalten. Koste es, was es wolle.«

»Und wie sollen wir das machen?« Sam schien jeden Augenblick zu explodieren. »Der Asteroid ist doch schon lange auf dem Weg, es gibt anscheinend nichts mehr, was wir tun können. Mit viel Glück kann Weiß das Ding noch rumreißen. Aber auch das halte ich für sehr zweifelhaft. Selbst wenn, er hat das alles so unglaublich lange geplant. Wie sollten wir ihn da ausgerechnet *jetzt* noch umstimmen?«

»Ich kann mir einfach nicht vorstellen, dass er tatsächlich die ganze Welt riskiert, nur, um einen globalen Fond einzurichten. Das ist doch Wahnsinn. Es muss einfach irgendetwas geben, das wir ihm anbieten können«, sagte Ben.

»Der Mann ist doch nicht dämlich«, sagte Sam. »Was auch immer wir ihm geben, das muss passieren, bevor das Scheißding in nicht mal zwei Wochen einschlägt. Und was können wir bis dahin bitteschön schon auf die Beine stellen? Natürlich würde er riskieren, dass das Teil einschlägt. Genauso wie er in Kauf genommen hat, dass die Regierungsoberhäupter sterben. Einfach, um seine Macht zu demonstrieren und seinen Willen durchzudrücken.«

Peter hatte bisher still auf einem Stuhl gesessen und vor sich hingezeichnet. Jetzt reichte er Anja seinen Zettel. Sie las laut vor. »Vielleicht können wir seine Fähigkeit benutzen, um den Asteroiden abzulenken.«

»Das ist leider nicht ganz so einfach«, sagte Balduin. »Man braucht immer eine Weile, um die Fähigkeiten zu kontrollieren. Den Asteroiden könnten wir sicher nicht ablenken. Vielleicht könnten wir bei der resultierenden Eiszeit etwas drehen … vielleicht auch nicht.«

»Wir werden es auf jeden Fall nicht herausfinden, in dem wir hier herumsitzen und weiter die Beine in die Luft strecken«, sagte Anja. »Ich habe endgültig genug davon. Wir sind erwachsene Menschen mit Superkräften, es *muss* einfach irgendeinen Weg geben, um ihn aufzuhalten und die Welt zu retten. Peters Idee ist ein guter

Anfang. Solange Weiß diese Fähigkeiten hat, wird er auf keinen Fall erlauben, dass wir seinen Plan durchkreuzen. Wenn ich wetten müsste, würde ich sagen, dass er bei der gescheiterten Landung der zweiten Sonde seine Finger im Spiel hatte. Genauso wird er auch irgendwie den Nuklearschlag vereiteln, wenn wir ihm nur die Gelegenheit dazu lassen.«

»Aber wie sollen wir ihn aufhalten?«, fragte Sam. »Der Typ ist übermächtig. Und vor allem unverwundbar. Oder willst du jetzt doch versuchen, ihn zu grillen?«

Anja wurde schlecht bei dem Gedanken. Aber in Anbetracht der Tatsache, dass jetzt tatsächlich die ganze Welt auf dem Spiel stand, kam ihr das gar nicht mehr ganz so absurd vor. Andererseits funktionierte ihr Schild bisher nur bei Ben. Deshalb ignorierte sie Sams Einwand. »Wie hat *er* die Unverwundbarkeit denn bekommen? Irgendwie muss er seinen Vorgänger ja ... überwältigt haben.«

Balduin antwortete. »Wir nehmen an, dass er den vorherigen Besitzer mit einem Blitz erschlagen hat.«

»Das fällt ja dann wohl flach.« Und Anja sah ihre ohnehin schon winzigen Chancen weiter schwinden.

»Wenn ich richtig informiert bin«, sagte Ben. »sollte der Prototyp für den Kraftentzug zeitnah fertiggestellt werden. Es konnten noch keine Tests durchgeführt werden, aber damit hätten wir zumindest einen Ansatzpunkt.«

»Und wie funktioniert der?«, hakte Anja nach.

»In der aktuellen Version ist es eine Form von Projektil, das geschossen oder geworfen wird und bei Kontakt die Fähigkeit in sich aufnimmt.«

»*Die* Fähigkeit? Also nur eine?«

Ben nickte.

»Wir werden ja wahrscheinlich nicht mal nah genug an ihn rankommen«, sagte Sam. »Er wirft einfach ein paar Blitze auf uns und puff!«

Peter hatte bisher nur ruhig daneben gesessen. Jetzt sprang er auf, zog einen Zettel aus der Hosentasche und kritzelte aufgeregt etwas, dann hielt er ihn Anja hin.

»Blitzableiter?«, las sie fragend vor.

Peter nickte aufgeregt.

»Sollen wir mit 'nem Regenschirm dort auftauchen?«, fragte Sam.

Peter schüttelte den Kopf und deutete auf seine Brust.

»Was meinst du?«, fragte Anja.

Peter stolperte zu Bens Schreibtisch und wühlte in den Schubladen.

»Hey, was …«, setzte Ben an.

Da hatte Peter bereits zwei Büroklammern gefunden und auseinandergebogen.

»Wir sollen ihn mit Büroklammern erstechen?« Sam machte große Augen.

»Nein«, meinte Anja. »Er hat doch was von Blitzableiter gesagt.«

»Mit Büroklammern?« Sam kratzte sich am Hinterkopf.

Da hatte Peter eine Steckdose hinter Bens Schreibtisch gefunden und hockte sich davor.

»Nicht!«, rief Anja. Doch noch ehe ihn jemand aufhalten konnte, steckte Peter die Büroklammern in je eins der Steckdosenlöcher. Ben war kurz davor ihn zu greifen, als Anja ihn zurückhielt. Peters Haare standen in alle Richtungen ab wie bei einem Igel und er grinste ihnen entgegen.

»Was für eine verrückte Fähigkeit ist das denn?«, fragte Sam.

»Unser Blitzableiter«, sagte Anja. »Das macht Sinn, er ist unglaublich schwer, er ist magnetisch und jetzt das hier. Vielleicht ist er irgendwie metallisch?«

»Das ist völliger Wahnsinn«, staunte Balduin. »Aber es könnte tatsächlich funktionieren.«

»Wahnsinn ist der richtige Ausdruck«, sagte Sam. »Aber selbst wenn wir das wirklich durchziehen wollen, dazu müssten wir ihn erst einmal finden. Es ist ja nicht so, als ob wir einfach bei ihm auf der Türschwelle auftauchen könnten.«

Türschwelle.

Anja fiel es wie Schuppen von den Augen. Türschwelle. Natürlich. Er musste irgendwo wohnen oder irgendwo gewohnt haben. Und irgendjemand musste wissen, wo das war.

Und wenn sie ganz viel Glück hatte, dann kannte sie sogar jemanden, der genau das wusste.

Anja hätte sich am liebsten geohrfeigt. Wieso war sie nicht schon viel früher darauf gekommen? Das war so unglaublich offensichtlich. »Ich glaube, ich kenne da jemanden, den wir fragen können.«

VERBINDUNGEN

Noch 12 Tage.

Nach Weiß' Auftritt in den Medien klang die Ankündigung der Regierung, *man hätte alles unter Kontrolle,* flach und eher unglaubwürdig.

Eine tiefe Unruhe setzte sich in den Bäuchen der Menschen fest. Manche glaubten der Regierung. Diese Menschen gingen weiter zur Arbeit, wuschen ihre Wäsche, kochten Spaghetti mit Tomatensauce und warteten geduldig, aber mit einem leichten Magengrummeln auf die Evakuierung.

Bei anderen verwandelte sich das Gefühl sofort in eine bittere Übelkeit, die sie aus ihren Häusern trieb. Diese Leute stopften ihr Hab und Gut eilig in ein paar Taschen, packten ihre Kinder ins Auto und begaben sich auf die Flucht in die *sichere Zone*. Eine ganze Welle aus Blech schob sich über die Autobahnen, Menschenmassen sammelten sich auf den Flughäfen und in den Bahnhöfen.

Wieder andere empfanden *die Ankunft* als einen Weckruf. Für sie hatte die Stunde der Wahrheit begonnen. So sammelten sie sich auf Plätzen, blickten betend zum Himmel und lauschten den Predigten vom jüngsten Gericht und dem ewigen Leben für die Gerechten.

Die Ungerechten wähnten sich bereits im Himmel. Sie fanden die verlassenen Häuser der Flüchtlinge, rafften zusammen, was nicht niet- und nagelfest war und häuften Berge aus Schätzen an.

Die Regierung half – so gut sie konnte – jenen, die sich helfen lassen wollten, ignorierte diejenigen, die sich ignorieren ließen und tat, was sie konnte gegen jene, die sich in ihrer Habgier nicht beherrschen mochten – also fast gar nicht.

***

Als Anja das Studentenwohnheim betrat, überschwemmte sie der muffige Geruch des grau gesprenkelten Linoleumfußbodens mit einer Welle aus nostalgischen Gefühlen. Sofort befand sie sich in ihrer Vergangenheit. In einer Zeit, die noch gar nicht allzu lange her war. Als sie noch erfolglos danach forschte, wie man mit weltlichen Mitteln Dinge verschwinden lassen kann. Vorlesungen, Versuchsaufbauten und die ständigen Sticheleien ihrer damaligen *Lieblings*kollegin, der Krol.

Der Geruch nach Pizza und ein Bierfleck, der ihren Schuh festkleben ließ, brachte sie wieder zurück in die Gegenwart.

Die Zeit war so unglaublich schnell vergangen. Sie raste buchstäblich dahin.

Und wo bin ich jetzt?

Unsichtbar. Im Fernsehen. Als Hexe verschrien und gegen den Weltuntergang kämpfend. Das Ganze war so bizarr.

Die Tür zur Wohngemeinschaft in Karls Stockwerk stand offen. Eine junge Frau mit grünen Haaren und Igelfrisur lehnte provokativ an der Spüle in der Gemeinschaftsküche und aß eine Banane. Frei nach dem Motto: *Komm schon, sag was dagegen.*

Anja hatte nicht die leiseste Ahnung, was daran auszusetzen wäre, sondern ging weiter. Die erste Zimmertür war mit Blümchen geschmückt.

Nein, nicht Karl.

Auf der Nächsten klebte ein Totenkopf.

Vielleicht.

Die dritte war nur angelehnt und sie hörte die Stimme ihrer besten Freundin dahinter. Nach einem kurzen Klopfen trat Anja ein.

»Hey«, sagte sie.

Das Zimmer war winzig. Außer einem Bett mit schwarzem Überwurf und einem Schreibtisch, vollgestellt mit Gamer-Equipment, war gerade noch Platz für einen großen, bequemen Drehstuhl vor dem PC.

»Du wohnst tatsächlich in einer Studentenbude?«, fragte sie.

Schon als Jessica ihr die Adresse gesagt hatte, wollte sie es nicht glauben. Sie kam immer noch nicht drüber weg.

»Wieso nicht? Es ist günstig und ich brauch keinen Abwasch zu machen.«

»Wieso das denn nicht?«

»Zumindest bis vor einer Weile hat das eine nette Nachbarin von mir erledigt.«

Anja konnte sich nicht erinnern, dass es so etwas zu ihrer Zeit gegeben hätte. Aber wenn er damit glücklich war. Und er hatte tatsächlich recht. Günstig war es in jedem Fall. Zumindest, solange man an der Uni als Student eingeschrieben war. Anja wollte lieber nicht zu genau wissen, wie er das anstellte.

Sie setzte sich neben Jessica, die wie ein Häufchen Elend auf der schwarzen Bettdecke hockte.

»Ich hab doch schon am Telefon gesagt, dass ich nichts weiß. Ich habe keine Ahnung, wo er wohnt. Keinen Schimmer, wo er sich verstecken könnte.«

»Vielleicht weißt du ja irgendetwas anderes, das uns weiterhelfen könnte. Hat er jemals über seine Arbeit gesprochen? Über Kollegen oder Forschungsprojekte?«

Jess schüttelte nur den Kopf. »Ich weiß wirklich nichts. Und es ist nicht so, als ob wir viel miteinander gesprochen hätten. Weder damals, noch … letztens.« Sie wich absichtlich Karls Blicken aus. Der plötzlich überaus beschäftigt irgendetwas an seiner Maus reparieren musste.

»Eventuell hat er etwas gesagt, ohne, dass er es gemerkt hat. Es könnte wirklich *alles* weiterhelfen. Hat er von irgendwelchen Vorlieben erzählt, Urlaubsplänen, Kindheitsverstecken? Irgendetwas?«

»Er hat öfter mal von Bora Bora geredet, aber ich glaube, das war nur so ein Spleen. Und natürlich hat er seinen Bruder besucht, den kennst du ja. Aber sonst …«

Anja starrt Jessica fassungslos an. »Seinen Bruder?«

»Kevin, sein Bruder. Der Mediziner, der dir das Blut abgenommen hat, als das mit der Unsichtbarkeit gerade erst angefangen hatte.«

Anja brauchte eine halbe Ewigkeit, um die Erinnerung aus ihrem Kopf zu pflücken. »Der mit dem Muttermal an der Hand? Der mir diesen gigantischen blauen Fleck in der Armbeuge verpasst hat?«

»Genau der.«

Anja erinnerte sich nur ganz dunkel, dass Jessica mit dem Mann im Kittel kurz über Matt gesprochen hatte. Aber damals hatte Anja zum ersten Mal überhaupt etwas von der Existenz dieses speziellen Exfreundes gehört. Matt. Matthias Weiß. Anja wurde übel. »Aber das ist doch die ultimative Spur. Wir müssen Kevin finden und mit ihm sprechen – sofort.«

Jessica blieb in ihrer Kauerhaltung sitzen und machte eine wegwerfende Handbewegung. »Er ist vor einer Weile in Urlaub gefahren. Tat ziemlich geheimnisvoll. Wahrscheinlich eine neue Flamme – hab ich zumindest gedacht.«

Keine neue Flamme. Sein Bruder wollte ihn bei sich haben. Wenn ich eine Schwester hätte, würde ich sie bei mir haben wollen, wenn ich so einen verrückten Plan ausüben wollte. Wenn ich wüsste, was der Welt bald bevorsteht, dann würde ich alle, die mir etwas bedeuten, in Sicherheit bringen wollen. Erst recht, wenn alle nach mir suchen und genau diese Menschen benutzen könnten, um an mich heranzukommen.

Anja fielen fast die Augen aus dem Kopf. »Nein! Kevin ist *bestimmt* bei seinem Bruder. Darauf verwette ich meinen

Allerwertesten. Wenn Weiß auch nur einen Funken auf seine Familie hält, dann hat er seinen Bruder zu sich kommen lassen. Dann wird er ihn beschützen wollen, oder zumindest sich selbst.« Anja wurde ganz aufgeregt. »Hast du Kevins Handynummer?«

»Klar«, jetzt wurde auch Jessica hibbelig und kramte in ihrem Rucksack nach dem Telefon.

»Ich will euch ja nicht den Spaß verderben«, schaltete Karl sich ein. »Aber dieser Weiß wird sich denken können, dass man seinen Bruder benutzen wird, um ihn zu finden. Das heißt, dieser Kevin wird das Ding garantiert nicht eingeschaltet haben, falls er es überhaupt noch bei sich hat.«

»Ich kann mir nicht vorstellen, dass Kevin mit dieser ganzen Aktion etwas zu tun hat«, sagte Jessica fest. »Er ist Pazifist. Er liebt seinen Bruder, ja. Und er hat versucht, uns wieder zusammenzubringen, als Matt nach unserer ersten Woche so plötzlich wieder abgehauen ist. Aber Kevin würde niemals gut finden, was sein Bruder da gerade abzieht.«

»Dann ruf ihn an«, drängte Anja. »Wenn wir Glück haben, sagt er uns, wo er ist.«

»*Falls* er das Handy tatsächlich dabeihat *und* es eingeschaltet ist.« Karl verdrehte die Augen und man konnte an seiner Stimme hören, wie unglaublich unwahrscheinlich er das fand. »Wenn ihr tatsächlich so viel Glück haben solltet, ist ein Anruf genau die richtige Methode, um dafür zu sorgen, dass Weiß ihm das Ding abnimmt und mit einem Vorschlaghammer zertrümmert. Dann könnt ihr auch gleich mit einer Wünschelrute auf die Suche gehen.«

Jessica wurde noch aufgeregter. »Ich hab was viel Besseres.« Sie tippte auf ihrem Handy herum. »Hier.«

»Was ist das?«, fragte Anja.

»Kennst du FindMyFriends?«

»Nein.« Sie benutzte ihr Handy hauptsächlich zum Musikhören und hielt wenig von den ganzen Apps.

»Ich hab mal versucht, dich zu überreden, dir die App runterzuladen. Damit kannst du jederzeit sehen, wo sich deine Freunde aufhalten.«

Anja verzog das Gesicht. »Ich erinnere mich. Da schüttelt's mich jetzt noch. Da kann ich auch gleich ein Neonzeichen auf meine Haustür kleben: Ich bin nicht da, bitte *jetzt* ausrauben ... Nein, Danke. Viel zu unheimlich.«

»Für dich vielleicht. Aber du gibst deine Nummer ja nur deinen Freunden. Ich find's super und in diesem Fall ist es einfach nur perfekt! Hier.« Sie zeigte auf einen grauen Punkt, der sich mitten auf einer Weltkarte befand.

»Er war seit einer ganzen Weile nicht mehr online. Das heißt, Karl hat recht, sein Handy ist nicht an. Sicher nicht freiwillig, das kannst du mir glauben. Aber das hier ist die letzte Position, die von der App gespeichert wurde.«

»Im Ernst?« Das klang *viel* zu gut, um wahr zu sein.

Jessica nickte.

»Nevada!« Anjas Herz machte einen aufgeregten Hüpfer. »Und du bist dir sicher, dass das stimmt?«

»Natürlich weiß ich nicht, ob *er* tatsächlich da ist. Aber zumindest sein Handy war dort, als es das letzte Mal eingeschaltet war. Und Kevin schleppt das Ding *überall* mit hin. Und ich *meine* überall.«

»Wer sagt, dass er jetzt immer noch da ist?«, fragte Karl. »Und selbst wenn er da ist. Das heißt noch lange nicht, dass sein Bruder bei ihm ist.«

»Anja hat recht«, sagte Jess. »Matt wollte ihn bestimmt bei sich haben. Sonst hätte er sich doch nicht die Mühe gemacht, seinen kleinen Bruder hier zu besuchen. Sogar zu mir hat er gesagt, dass er nur wegen Geschäften im Land ist.« Sie schluckte und fuhr fort. »Und Kevin ist definitiv freiwillig gefahren, er hat sich ja sogar noch verabschiedet«, sagte Jessica bestimmt. »Wer hätte ihm das Handy abnehmen sollen, bevor er wo-auch-immer angekommen ist?«

»Außerdem ist das die beste Spur, die wir haben«, sagte Anja.

Und die Einzige.
Aber das sprach sie nicht laut aus.

ABSCHIED

Anja stand schweigend vor dem Haus ihres Vaters.

Sie hatte Ben sofort informiert und das letzte Argument, das Unausgesprochene, hatte ihn schlussendlich überzeugt. Sie würden es versuchen. Anja war so dankbar dafür, dass er nicht wieder von irgendwelchen Geheimdiensten angefangen hatte.

Natürlich wünschte sie sich von ganzem Herzen, dass es irgendjemanden gäbe, der die Sache für sie übernehmen könnte. Ein geheimes Spezialkommando oder einen schnuckeligen Kerl im blauen Anzug mit rotem Cape.

Aber die Wirklichkeit sah leider ein wenig anders aus. Und in dieser Wirklichkeit gehörte *sie* zu den wenigen Menschen, die zumindest eine winzige Chance besaßen, diesen Weiß zur Rechenschaft zu ziehen. Selbst wenn sie damit vielleicht nicht den Einschlag des Asteroiden ganz verhindern konnten. So konnten sie zumindest den Mann vor Gericht bringen, der dafür verantwortlich war. Und vielleicht hatte Balduin unrecht. Vielleicht konnten sie die Fähigkeit doch genug unter Kontrolle bringen, um den Asteroiden im letzten Augenblick abzulenken. Zumindest würde sie damit versuchen, die Folgen abzumildern.

War die ganze Sache gefährlich?

Mit Sicherheit.

Potenziell sogar tödlich.

Deshalb bin ich hier.

Aber Anja wusste, dass sie niemals mit sich leben könnte, wenn dieser vermaledeite Asteroid einschlug und es auch nur die leiseste Chance gab, dass sie *vielleicht* etwas dagegen hätte unternehmen können.

Mit einem tiefen Seufzer starrte sie auf das frisch gemachte Blumenbeet. Sie konnte nicht fassen, dass ihr Vater sich tatsächlich dazu herabgelassen hatte, niedere Arbeiten zu verrichten. Zugegeben, seit Ben seinen Krebs geheilt und ihrem Vater damit das Leben gerettet hatte, war der *wesentlich* umgänglicher geworden als in den vergangenen Jahren. Aber deshalb hatte er noch lange nicht alle seine weniger erfreulichen Charakterzüge abgelegt.

Seine ganzen Macken waren jetzt um einiges leichter zu ertragen, weil Anja wusste, dass dahinter auch ein Mensch steckte; sogar ein liebender Vater. Aber sie waren trotzdem alle noch da.

Noch ein tiefer Seufzer, mit dem sie versuchte, die Schwere, die sich um ihr Herz legte, wegzuatmen.

Das hier würde ein Abschied werden. Vielleicht für immer.

Aber sie konnte nicht einfach so verschwinden. Das war unmöglich.

Nach dem Tod ihrer Mutter war es fast das Schlimmste für ihren Vater gewesen, dass er sich nicht hatte verabschieden können.

Sicher wäre es leichter für Anja gewesen, einfach zu gehen und zu hoffen, dass sie wiederkam, aber wenn nicht …

Nein, das konnte sie ihm nicht antun. Nicht, wo er gerade anfing, sich aufzurappeln.

Sie zog ihren Schlüssel heraus und öffnete die Wohnungstür. Wäscheberge, Staub und schmutziges Geschirr suchte sie vergebens. Ihr klappte der Mund auf.

Es war tatsächlich aufgeräumt. Ihr Vater kam gerade die Treppe herunter.

»Hey, was machst du denn hier?«

»Ich ...« Sie war völlig durcheinander und versuchte sich zu erinnern, weshalb sie überhaupt hier war. »Ich muss mit dir sprechen.«

Er lief an ihr vorbei ins Wohnzimmer und nahm zwei Krawatten in die Hand, die über der Lehne des Sofas gelegen hatten.«

»Blau oder grau?« Er hielt sie nacheinander ins Licht.

Anja zog die Brauen hoch. Er hatte noch nie nach ihrer Meinung gefragt. Noch nie. »Eine Krawatte?«

»Jetzt sag schon.«

»Das kommt ganz auf den Anlass an.«

»Ich bin verabredet, okay? Darf ich mich vielleicht auch verabreden, oder ist das heutzutage verboten?« Sein Gesicht wurde leicht rosa.

»Blau«, sagte Anja schnell.

Ihr Vater hielt beide Krawatten abwechselnd vor seine Brust und wägte immer noch ab.

»Du bist verabredet? Jetzt?« Trotz allem. Wollte sie noch hinzufügen. Aber das hätte alles nur noch viel unerträglicher gemacht.

»Warum nicht? Soll ich mich lieber in irgendeinem Bunker verkriechen? Die Regierung wird schon wissen, was sie macht.«

Wie so oft hatte sie das Bedürfnis, ihren Vater zu schütteln. Man konnte doch nicht immer anderen das Denken überlassen. Statt sich sinnlos an ihm aufzureiben, folgte sie seiner Themenwahl. »Mit wem bist du denn verabredet?«, fragte Anja.

»Elsi.«

Anja legte den Kopf zur Seite.

»Eine Schwester aus dem Krankenhaus.«

»Du gehst wieder arbeiten?«

»Hab ich das noch nicht gesagt?«

»Du hast gesagt, du würdest es versuchen. Ich wusste nicht, dass es geklappt hat.« Das wurde immer verwunderlicher. »Herzlichen Glückwunsch.« Sie lächelte und gönnte es ihm wirklich. Am liebsten hätte sie ihn in den Arm genommen, aber er inspizierte immer noch die Krawatten. Außerdem war er nicht der Typ für Kuschelrunden. Bis auf seine Gefühlsausbrüche kurz nach der Heilung hatte er sich wieder in den unnahbaren Kerl von früher zurückverwandelt. Zumindest meistens.

»Ja, ich bin wieder im Geschäft, seit dein Freund das hier«, er deutete auf seinen mittlerweile völlig genesenen Körper, »wieder in Ordnung gebracht hat. Sag mal, wie hat er das eigentlich genau angestellt?«

Anja musste sich setzen. Ihr Vater wusste, dass sie sich unsichtbar machen konnte, er wusste, dass es Fähigkeiten gab. Aber sie hätte nicht damit gerechnet, dass er so offen darüber reden würde.

Sie ließ sich in einen Sessel fallen. »Das ist eine längere Geschichte …«, versuchte sie auszuweichen.

Ihr Vater warf noch einen Blick auf die beiden Krawatten, dann setzte er sich hin. »Ich höre.«

Deshalb war sie nicht hier. Ganz andere Dinge mussten gesagt werden. Anja hätte es wohl nicht zugegeben, aber ihr kam die Ablenkung ganz recht. So mussten sie nicht sofort über das Ende der Welt sprechen – über ihr eigenes Ende.

Im Gegensatz dazu war es wesentlich einfacher, mit ihrem Vater über Heilfähigkeiten zu sprechen. Über die Verletzungsübernahme, den entstehenden Kalorienbedarf, den wahnsinnigen Zuckerschmacht und alles, was damit zusammenhing.

Als sie geendet hatte schwieg sie eine ganze Weile und betrachtete ihren Vater, der gedankenverloren in die Ferne starrte, während er immer noch die beiden Krawatten festhielt.

»Papa, ich muss dir etwas sagen. Du hast doch diesen Typen im Fernsehen gesehen …«

»Diesen Verrückten? Sicher.«

Noch hatte die Regierung keine Stellung bezogen und offensichtlich war Verdrängung einfacher als die Akzeptanz einer solchen … Bombe.

»Er sagt die Wahrheit, Papa. Er hat genau wie Ben und ich besondere Fähigkeiten. Das heißt, er hat diese Menschen tatsächlich umgebracht. Der Asteroid rast wirklich auf die Erde zu. Und wir werden versuchen, Weiß die Fähigkeit abzunehmen und das Schlimmste abzuwenden.«

»Du?« Seine Augen wurden groß und sein Mund klappte auf. »Wie kommst du denn dazu?«

»Weil ich es kann, Papa. Weil irgendwer es machen muss.«

»Aber doch nicht du!« Er sprang aus dem Sessel hoch.

Sie rechnete mit einer Ansprache darüber, dass sie ja nur ein Mädchen war, das sie sowieso nichts zu Stande brachte, dass sie so etwas doch lieber den Profis überlassen sollte. Sie rechnete mit *allem*. Aber fast dreißig Jahre Lebenszeit hatten Anja nicht darauf vorbereiten können, was ihr Vater tatsächlich im nächsten Augenblick sagte.

»Ich will nicht, dass du stirbst!« Er zeigte mit dem Finger auf sie. »Also, wehe dir, wenn du nicht an einem Stück zurückkommst. Hast du verstanden?« Damit zog er sie aus dem Sessel hoch und schloss sie in den Arm. Einfach so. »Viel Glück«, flüsterte er in ihren Nacken.

Anja war komplett verdattert und er hatte sie so schnell wieder losgelassen, dass es sicher nur Einbildung gewesen sein konnte.

Schließlich räusperte er sich, hielt sich die graue Krawatte an den Hals und blickte auf seinen Bauch. »Ich muss wirklich los. Mach die Tür zu, wenn du gehst.« Glitzerte da eine Träne in seinem Augenwinkel?

»Ich …«

»Ich hab gesagt, du sollst verschwinden!«

Einer alten Angewohnheit folgend drehte Anja sich auf der Stelle um und ging zur Tür. Gerade als sie den Griff kühl unter ihren Fingern spürte, verstand sie etwas, das ihr all die Jahre immer verschlossen geblieben war.

Ihr Vater hatte Angst. Er hatte Angst um *sie*.

»Ich liebe dich auch, Papa«, flüsterte sie und zog die Türe hinter sich ins Schloss.

***

Anja war immer noch völlig perplex. Ben hatte eine Boeing 747 gechartert. Der Privatjet von Deepstone hätte Peters Gewicht zwar getragen, aber er wollte auf Nummer sicher gehen. Und ja, Anja hatte ihn gefragt, wie er das trotz der überfüllten Flughäfen so schnell auf die Beine gestellt hatte. Seine Antwort war simpel. »Mit der richtigen Motivation klappt alles.« Ob er damit nun sich selbst und den drohenden Weltuntergang oder den ein oder anderen Angestellten des Flughafens und eine entsprechende Geldsumme meinte, ließ er offen.

Zur Sicherheit hatten sie Peter einen Platz genau in der Mitte der Maschine zugewiesen und dort musste er für über acht Stunden so still wie möglich sitzen bleiben. Zum Glück hatte er Sam, der ihm mit viel Charme und Einfühlungsvermögen die Zeit vertrieb. Und der ihm zeigte, was man alles mit einer leeren Plastikflasche anfangen kann, wenn man zu viel Orangensaft getrunken hat.

»Wir machen übrigens noch einen forschungsbedingten Zwischenstopp in Vermont, bei meinem Bruder«, sagte Ben, als sie schon eine ganze Weile über dem Ozean unterwegs waren.

»Wieso fliegen wir zu deiner Familie, wenn wir gerade auf dem Weg sind, die Welt zu retten?«, fragte Anja.

»*Hoffentlich* die Welt zu retten«, wandte Sam ein.

»Sei doch nicht so negativ«, wies Anja ihn zurecht.

»Ich bin nicht negativ, nur realistisch. Es gibt einfach viel zu viele Wenns und Vielleichts in dieser Gleichung.«

»Dann frage ich mich, wieso du mitgekommen bist. Vielleicht wärst du besser gleich zu Hause geblieben.«

»Vorbildfunktion«, sagte Sam ernst.

»Was ist das für ein Vorbild, wenn du neben Peter sitzt, während du erklärst, dass du es schwachsinnig findest, was du gerade tust?«

»Gerade deshalb bin ich ein Vorbild. Manchmal muss man eben Dinge tun, die man absolut nicht tun will. Oder die einfach lausige Erfolgschancen haben. Ganz einfach, weil man sich sonst in den Hintern beißt, weil man nicht *alles* versucht hat.«

Er nickte bestimmt und wandte sich wieder der Plastikpackung zu, die er in der Hand hielt. Flugzeugfraß hatte er es genannt. »Kalte Apfeltasche, wer kommt bitte auf so eine perverse Idee?« Er schloss die Finger um das Silberpapier, und Anja hätte schwören können, dass es anfing zu glühen.

»Hier«, er reichte Peter das Päckchen, der es von einer Hand in die andere warf, um es wieder abzukühlen.

»So isst man Apfeltaschen. Hey, Lady« Er drückte den Rufknopf. »Uns fehlt noch Vanillesauce. Oder Eis!«

Anja schüttelte den Kopf und wandte sich wieder an Ben. »Also, was wolltest du sagen?«

»Wir machen einen forschungsbedingten Zwischenstopp in Vermont.«

»Wegen des Schildes?«

Ben nickte.

»Was geht?«, fragte Sam.

Anja erklärte ihm schnell von dem zufällig erzeugten Schild auf der anderen Seite des Planeten.

»Und das soll was bringen?« Sam blieb skeptisch.

»Wenn wir herausfinden, weshalb mein Bruder einen Schild bekommen hat, dann kann Anja vielleicht einen Schild um uns alle legen. Ich denke, du wirst mir zustimmen, dass wir uns das vielleicht ein bisschen genauer anschauen sollten, bevor wir uns in den Kampf mit einem übermächtigen Gegner werfen.«

Sam schwieg und schob den Unterkiefer vor.

»Es gibt übrigens auch ein Festessen«, ergänzte Ben.

»Die Welt geht unter und deine Familie feiert?«, fragte Sam, den Mund voll mit heißer Apfeltasche.

»Mein Bruder hat gehört, dass ich komme, also hat er beschlossen, das zu feiern. Und wieso nicht? Sollen wir plötzlich alle aufhören zu leben, nur, weil wir wissen, dass wir *vielleicht* bald sterben? – Im Endeffekt hat sich *nichts* geändert. Ja, ein verrückter Terrorist hat die Erde bedroht, aber verrückte Terroristen gibt es immer wieder. Und wir alle sterben irgendwann. Noch viel besser, wir alle *wissen*, dass wir irgendwann sterben. Nur wenn plötzlich das Datum greifbar wird, werden wir nervös. Das einzige, was wir tun können ist, im Hier und Jetzt das Beste aus unserem Leben zu machen. Und dazu gehört gerade, dass wir uns freuen, wenn wir uns nach einer langen Zeit der Trennung wiedersehen.«

Er hat recht.

Das war das, was im Leben wirklich zählte: die Menschen, die wir lieben.

Gerade jetzt, gerade in Zeiten wie diesen.

FAMILIE

Das Haus war weder besonders groß, noch besonders klein. Wie die meisten amerikanischen Häuser in dieser Gegend war es aus Holz und weiß gestrichen. Es sah tatsächlich ein bisschen aus wie aus einem Märchenbuch herausgemalt, mit einer riesigen, saftig grünen Wiese darum und einem scheinbar endlosen Wald, der an das Grundstück grenzte.

Anja versuchte sich vorzustellen, wie die Bäume sich im Indian Summer rot und gold färbten und das Tal in Himbeer und Pfirsich tauchten. Aber diesen Anblick musste sie sich wohl für einen späteren Besuch aufheben – oder für ein anderes Leben.

Der Kies knirschte unter den Reifen des riesigen Hummers, als der Wagen zum Stehen kam. Sam wuchtete gerade den Rollstuhl heraus, als ein junger Mann, der sich die Hände an einem Handtuch trocknete, die Haustüre öffnete.

Er war Ben wie aus dem Gesicht geschnitten, schwarzes, allerdings sehr wuscheliges Haar und schokoladenbraune Augen. Nur das rotkarierte Holzfällerhemd wollte nicht so richtig in Anjas Bild passen.

Der junge Mann lachte über das ganze Gesicht und schloss seinen Bruder herzlich in die Arme, als der aus dem Wagen stieg.

»Das ist mein Bruder Sebastian«, stellte Ben ihn vor und begann eine Vorstellungsrunde.

Eine junge Frau mit üppigen blonden Locken trat aus dem Haus und trug ein glucksendes Baby auf dem Arm.

»Das ist Janice, meine Frau«, sagte Sebastian. »Und das hier ist Claire.« Anja konnte den Vaterstolz in jeder Silbe klingen hören und das Glitzern in seinen Augen war einfach unübersehbar, während er das winzige Bündel betrachtete.

»Das Essen ist gleich fertig und Evelyn ist auch da«, flötete Janice in Bens Richtung.

Der schien allerdings alles andere als begeistert.

»Ben und Janice Schwester sind sich spinnefeind«, flüsterte Sebastian in Anjas Ohr und erntete dafür einen finsteren Blick von seiner Frau. Dann gab sie ihm das Baby auf den Arm. »Hier, ich kümmere mich um das Essen, und ihr vertragt euch«, warf sie in Bens Richtung.

Anja war nur froh, dass sie durch ihr Studium so gut Englisch sprach. Sonst hätte sie sich hier massiv verloren gefühlt.

Balduin übersetzte gelegentlich das, was wichtig war für Peter und Anja hatte das Gefühl, dass auch Sam davon profitierte, hätte es aber nicht beschwören können.

Auf dem riesigen Tisch standen vier große Kuchen, die etwas Ähnlichkeit mit einem dünnen Käsekuchen hatten. Zumindest sahen sie so aus. Allerdings waren drei davon *Tomato-Pies,* wie Janice erklärte. Saftige Tomaten, Zwiebeln und eine knusprige Käseschicht, die Anja das Wasser im Mund zusammenlaufen ließ. Die vierte *Pie* war mit Lauch gefüllt und mit Pfeffer gewürzt. Und fast hätte Anja sie nicht probiert, weil sie mit Porree einfach nichts anfangen konnte. Aber das Gemüse hatte Sebastian im eigenen Garten herangezogen und deshalb war das Resultat einfach mit nichts zu vergleichen, was Anja bisher gegessen hatte.

Anja brauchte definitiv einen größeren Magen.

Vielleicht hätte man gedacht, dass es ziemlich still und zurückhaltend zugeht, wenn so viele Menschen aufeinandertreffen, die sich noch nie gesehen haben. Aber ganz im Gegenteil, es wurde gelacht, geschwatzt und sogar Peter hatte riesigen Spaß. Da er sowieso nicht sprach, hatte er auch hier kein Problem, sich auszudrücken. Janice hatte den Jungen gleich ins Herz geschlossen und es sich zur Aufgabe gemacht, ihn nach Strich und Faden zu verwöhnen. Als sie ihm das Baby auf den Schoß setzte, bekam er erst große Augen, aber nachdem Janice ihn mit einem Löffel versorgt hatte, machte er sich mit Feuereifer an die Arbeit.

Anja hörte ihn sogar lachen. Sie fragte sich nicht zum ersten Mal, ob er tatsächlich nicht sprechen *konnte* oder nur nicht wollte.

»Was ist los?«, fragte Ben, während sie immer noch den Jungen beobachtete.

Anja hatte an das Baby gedacht und an die Zukunft und an den Fakt, dass das kleine Bündel vielleicht das nächste Jahr nicht überleben würde. Die Kinder würden es am schwersten haben. Aber darüber wollte sie nicht sprechen. Nicht jetzt und am besten gar nicht. Am liebsten würde sie nicht mal darüber nachdenken. Sie versuchte die Enge in ihrem Hals wegzuschlucken. »Ich habe nur ein schlechtes Gewissen, weil wir hier sitzen und essen, während Weiß …«

Ben seufzte. »Ich hatte gehofft, ich könnte dir noch einen einzigen normalen Tag schenken.«

Diese Worte trieben Anja die Tränen in die Augen. Wie konnte er das wissen? Wie konnte er sie nur schon so gut kennen nach so unglaublich kurzer Zeit? Sie wollte ihn in den Arm nehmen, aber sie wusste, dann wären die Tränen nicht mehr aufzuhalten. Und sie konnte sich nicht gehen lassen – nicht jetzt.

»Komm«, sagte Ben. »Lass uns nach draußen gehen und deinen Schild testen. Hey, Sebastian. Wir brauchen deine Hilfe.« Er hatte während des Essens lange mit seiner Familie gesprochen und sie offensichtlich vorbereitet.

Sein Bruder beendete den Satz, den er gerade zu seiner Frau gesagt hatte, küsste ihre Stirn und folgte Ben und Anja nach draußen.

Eigentlich hatte Anja auf ein bisschen Ruhe gehofft, aber natürlich waren sofort alle dabei. Nur Evelyn bekam schmale Lippen, weil sie scheinbar kein Wort geglaubt hatte und blieb mit dem Baby im Wohnzimmer.

Anja fühlte sich massiv beobachtet. Alle Augen ruhten auf ihr. Sie spürte das Gras unter ihren Schuhsohlen, weich und federnd, und konzentrierte sich auf die frische, würzige Luft. Auf das Vogelzwitschern. Sie brauchte einen ewigen Moment, um herauszufinden, was sich so gut anfühlte. Schließlich erkannte sie, dass es der blaue Himmel war und der Sonnenschein. Sie hatte so lange im Nebel und unter einer Wolkendecke gelebt, dass sich dieses kleine Fleckchen Erde im Sonnenschein anfühlte wie das reinste Paradies.

Hier würde ich gerne leben, flüsterte eine Stimme in ihrem Herzen. Wenn alles gut ist, wenn die Welt gerettet wäre. Hier würde sie gerne alt werden. Sich mit Janice anfreunden, das Baby hüten und vielleicht eine Schule aufmachen, für Menschen mit besonderen Fähigkeiten. Oder einfach nur für unsichtbare Menschen.

Das war so eine herrliche Idee, dass sie für einen Augenblick völlig vergaß, was sie tun wollte.

»Und?«, fragte Ben. »Wie willst du anfangen?«

Anja räusperte sich verlegen. »Mit dir, würde ich sagen.«

Sie konzentrierte sich kurz, der Schild flammte um ihren Körper herum auf, ein weiterer um Ben und im selben Augenblick wurde auch sein Bruder in eine eigene Sphäre gehüllt. Der lachte und klatschte in die Hände. »Wusste ich's doch, ich bin nicht verrückt!«

Mit einem rollenden Flackern verbanden sich die Schilde zu einem.

Wow.

»Hey, guck mal Janice«, rief Bens Bruder und im selben Augenblick wurde auch seine Frau von einem Schild umhüllt.

Erschreckt sah die blonde Frau auf und versuchte nach der durchsichtigen Hülle zu greifen. »Das ist atemberaubend.«

Evelyn kam schreiend aus dem Haus gerannt. »Das Baby, das Baby!«

Alle Farbe wich aus Janice Gesicht und sie rannte an ihrer Schwester vorbei nach drinnen.

»Was ist los?«, fragte Sebastian seine Schwägerin eindringlich.

»Ich weiß auch nicht«, jammerte Evelyn. Erst jetzt erkannte sie, was hier draußen los war. »Sie hatte auch so etwas.« Und deutete auf die immer noch glühenden Schilde.

Janice kam mit dem brabbelnden Baby auf dem Arm an die frische Luft und schaukelte sie. »Alles in Ordnung.«

»Claire hatte auch einen Schild?«, fragte Anja.

Evelyn nickte und betrachtete unruhig die sich ständig ändernden Formen, die in blassblauem Weiß über der Wiese schwebten.

Als Janice noch einen weiteren Schritt tat, verband sich auch ihr Schild in einer schwappenden Bewegung mit dem der anderen, rollte über Evelyn hinweg, die quietschte und plötzlich auch eingeschlossen war.

Anja ließ den Schild fallen.

»Versuchen wir es erneut.«, sagte sie.

Diesmal öffnete sich der Schild sofort über der gesamten Familie – außer über Evelyn, die sich in den Hauseingang geflüchtet hatte und nicht mehr im Bereich der anderen Schilde stand.

Aber warum war das nicht gleich am Anfang passiert? Warum waren sie da nacheinander eingeschlossen worden? Und warum war Evelyn jetzt schildfrei?

Sie überlegte. Bens Bruder hatte es zum allerersten Mal erwischt, als Ben die SMS bekommen und an ihn gedacht hatte.

Vielleicht hatte es mit Gedanken zu tun. Anja ließ den Schild fallen.

Also von vorne.

»Ben, denk an Sam – und nur an Sam.«

Ben zog eine Augenbraue hoch, dann zuckte er mit den Schultern und starrte Sam an.

Okay.

Sie konzentrierte sich auf Ben, ein Schild formte sich um ihn, aber Sam blieb stehen, wie er war.

So weit so gut.

»Jetzt denk an deinen Bruder. Und du, Sebastian, denk du an Sam.«

Sofort sprang der Schild auch auf Sebastian über. Aber wieder nicht auf Sam.

»Jetzt denk an deine Frau«, sagte Anja zu Bens Bruder.

Im selben Moment wurde Janice von einem Schild eingeschlossen und mit ihr das Baby, das freudig krakelte.

Anja musste lächeln.

»Okay, Ben, jetzt denk an Evelyn.«

Alle Schilde blieben erhalten, aber Evelyn ging leer aus.

»Janice, denk du an deine Schwester.« Sofort sprang der Schild auch auf Evelyn über.

Es hatte tatsächlich mit Gedanken zu tun, aber da war noch viel mehr. Offensichtlich musste auch die emotionale Verbindung stimmen.

»Okay, Janice, denk nur an Sam.«

Der Schild um Evelyn verschwand.

»Evelyn, würdest du jetzt bitte zwischen uns kommen?«

Aber Evelyn rannte gegen den Schild und hatte keine Chance, einzutreten.

Aber eben hatte es funktioniert. Eben, als Evelyn in dem Moment zwischen ihnen gestanden hatte, in dem sich die Schilde miteinander verbanden.

Dazu musste sie erst wieder eine Lücke schaffen.

»Sebastian, denk du an Sam.«

»Hey, warum immer ich?« Sam verschränkte missmutig die Arme vor der Brust.

»Weil du ein Unsympath bist«, sagte Ben, ohne eine Miene zu verziehen.

»Selber«, sagte Sam und schob die Unterlippe vor.

Anja schüttelte den Kopf. Wie die Kinder.

Aber alle waren ihren Anweisungen gefolgt. Jetzt hatten nur noch sie, Ben und Sebastian einen Schild.

»Evelyn, stell dich jetzt bitte zwischen Janice und uns.«

Evelyn kräuselte die Lippen, aber schließlich setzte sie sich in Bewegung.

Sehr gut. Sie stand nun genau zwischen Janice und ihrem Mann.

»Sebastian, bitte denk an deine Frau.«

Im selben Augenblick wölbte sich eine Sphäre um Janice, die sich in Anjas Richtung ausdehnte. Und genau wie vorhin wurde diesmal auch Evelyn in die blauweiße Blase eingeschlossen, als sich die Schilde berührten und zu einer einzigen riesigen Blase verbanden. Eine Sphäre, die groß genug gewesen wäre, um das ganze Haus einzuschließen, größer, als sie hätte sein dürfen.

Wir erzeugen Energie.

Anja ließ die Schilde sinken. »Du hattest recht«, sagte Anja zu Balduin. »Es hat tatsächlich immer mit Verbindungen zu tun.«

»Liebe«, sagte er und nickte. »Und Zuneigung.«

Sebastian übersetzte, was Anja gesagt hatte. Plötzlich begann Evelyn laut zu zetern und schrie etwas davon, sie hätte ja schon immer gesagt, dass Ben sie nicht leiden könnte und lief schließlich weinend nach drinnen. Ihre Schwester folgte ihr, um sie zu trösten, und Sebastian ging hinterher, um seine Frau zu unterstützen.

Super, jetzt habe ich auch noch einen Familienkrieg vom Zaun gebrochen.

Anja verdrehte die Augen.

Aber wo ist die Grenze?

»Liebe«, flüsterte Anja. »Ich kann nur die Menschen beschützen, die ich liebe? Mögen reicht nicht? Das ist unfair.«

»Es ist besser als nichts, oder?«, fragte Ben.

Anja schnaubte. »Leider nützte es uns gar nichts, wenn wir uns gemeinsam gegen Weiß stellen. Es sei denn, du hast vor, deine Familie mitzunehmen.«

»Du musst dich einfach ein bisschen anstrengen und dich in mich verlieben«, sagte Sam und wackelte mit den Augenbrauen.

»Das kommt gar nicht in Frage«, brauste Ben auf. Und Anja hätte ihn küssen können, für den kleinen Eifersuchtsanfall. Ja, völlig überflüssig, aber definitiv *sehr* niedlich.

EMOTIONEN

Blassblauer Himmel. Die Abendsonne malte lange Schatten zwischen die Bäume. Pfirsichwolken am Horizont griffen mit zarten Fingern in den Abend, färbten sich erst blutrot, dann zartlila. Und begrüßten mit goldscharfen Lichtpfeilen die tintenschwarze Nacht.

Anja stand vor dem Haus im hohen Gras und betrachtete das sich ewig wandelnde Lichtermeer.

Schon seit Äonen ging die Sonne jeden Morgen auf und jeden Abend unter. Seit Millionen von Jahren. Lange, bevor der Mensch überhaupt existiert hatte. Und sie würde auch dann noch untergehen, wenn der letzte Mensch seinen letzten Atemzug getan hatte.

Das Flugzeug hatte erst für den folgenden Tag eine Starterlaubnis bekommen und so war der Weltenzerstörer noch fast einen ganzen Tag von ihr entfernt.

Weltenzerstörer.

Ben trat hinter ihr aus der Tür. Sie konnte seine Nähe spüren, seine Wärme und sein Licht.

Hier draußen wirkte alles so einfach und so friedlich.

»Ich wünschte, wir könnten hierbleiben«, flüsterte Anja.

Ben antwortete nicht. Er legte einen Arm um ihre Taille und sie wurden eins.

Eine Einheit. Eine einzelne Note in der Harmonie des Lebens.

Und es war egal, dass sie vielleicht bald enden würde.

Das einzig Wichtige war, dass sie zusammen waren.
Jetzt und hier im ewigen Kreislauf des Seins.
Vereint.

***

Noch 10 Tage.

Erst der Flug, dann wieder ein Hummer. Das dicke, schwarze Auto jagte über die einsame Straße, die sich in einer staubigen Schlangenlinie durch den Wüstensand fraß.

Je näher sie ihrem Zielort kamen, desto unruhiger hasteten Anjas Gedanken durch ihren Kopf. Das ganze Unterfangen war völlig verrückt.

Aber am allermeisten machte Anja sich Vorwürfe. Weil sie tatsächlich in Erwägung zogen, Peter als Blitzableiter zu benutzen. Er war doch nur ein kleiner Junge. Das konnte doch unmöglich der einzige Weg sein.

Er saß neben ihr auf dem schwarzen Ledersitz und starrte aus dem Fenster. Auf dem Weg an das Ende der Welt.

Anja griff unvermittelt nach Peters Hand und er sah zu ihr auf. Die eine Gesichtshälfte wie immer versteckt hinter einem Vorhang aus braunem Haar.

Sie hatte ihn lachen gehört. Gestern in den Wäldern von Vermont. In einer Oase aus Licht zwischen Rehen und Hasen. Dort gehörte er hin. Nicht in die Wüste. Nicht als Schutzwand zwischen sie und einen durchgeknallten Terroristen.

»Du musst das nicht machen«, flüsterte sie. »Wir finden einen anderen Weg.«

Sie hatte keine Ahnung, was sie ohne ihn machen würden. Aber irgendwie *musste* es funktionieren. Es konnte nicht sein, dass er der einzige Ausweg war.

Peter drückte ihre Hand und fischte einen Zettel aus seiner hinteren Hosentasche. Es war ein Zeitungsartikel, in dem es um einen Blitzeinschlag ging und einen kleinen Jungen, der ihn wie durch ein Wunder überlebt hatte.

Peter tippte auf seine Brust.

»Du hast das schon einmal getan?«, fragte Anja völlig perplex.

Er lächelte traurig.

Sie sah sich den Artikel noch einmal genauer an. *Junge hat als Einziger überlebt,* stand da. Sie drückte seine Finger fester. War das seine Familie gewesen?

Er strich sich das Haar hinter sein Ohr, das sofort wieder über sein Auge fiel und zog einen kleinen Block aus der anderen Hosentasche.

»Ich möchte helfen«, stand dort. Wobei *möchte* dreimal unterstrichen war.

»Aber du *musst* nicht.«

»Schade«, schrieb er. »Ich werde meine Haare verlieren.«

»Deine Haare?«

Er nickte, strich sich durch den Pony, machte dann eine Zickzackbewegung, die den Blitz darstellen sollte, traf mit beiden Händen seinen Kopf und durchwuschelte seine Frisur.

»Oh, sie verbrennen?«

Er nickte, zeichnete seine Augenbrauen und seine Wimpern mit den Fingern nach.

Die also auch.

»Tut das weh?«, fragte Anja.

Er schüttelte den Kopf. Dann klopfte er mit seinen Fingerspitzen leise auf Anjas Schulter und bewegte sie langsam ihren Arm hinunter.

»Es kitzelt?«

Er nickte.

»Bist du ganz sicher?«

Er nickte noch einmal, fest.

Anja legte ihren Arm um den Jungen und war fest überzeugt, dass sie den mutigsten Menschen der Erde neben sich sitzen hatte.

Jetzt blieb nur die Frage, ob das reichte.

***

Wüstensand erstreckte sich in alle Himmelsrichtungen, bis zum glasblauen Horizont. Struppiges Gras und gelbgrüne Büsche tupften in der flirrenden Hitze den Sand.

Mit jedem fortschreitenden Kilometer wurde Anja nervöser.

»Es ist nicht mehr weit«, sagte Ben schließlich. Er holte einen Koffer aus dem Fußraum vor sich und legte ihn auf seine Knie. »Das ist der Prototyp.« Mit einem Klacken ließ er den Koffer aufschnappen. Das silberne Gerät darin hatte etwas Ähnlichkeit mit dem Satellit Sputnik. Im Zentrum war eine runde, metallisch glänzende Kugel und darum eine Art Klaue, die sie festhielt. Da, wo normalerweise der Arm dieser Hand gesessen hätte, befand sich eine pyramidenförmige Spitze und ein Stachel.

»Damit müssen wir ihn treffen«, sagte er. »Das hier muss sich tief in ihn hineinbohren.«

»Hey, Alter, dir ist schon klar, dass der Typ unverwundbar ist, oder?« Sam klang ziemlich genervt. »Deshalb doch die ganze Aktion mit dem Prototyp, oder lieg ich da falsch?«

»Schon richtig. In der Theorie sollte es reichen, wenn die Spitze fest gegen ihn gepresst wird. Sie muss die Haut nicht durchdringen, um zu funktionieren.«

»Und dann?«, fragte Anja.

»Dann wird die Fähigkeit in diese Kugel – gesaugt ist wohl der passendste Begriff. Allerdings funktioniert das nur mit einer einzigen Fähigkeit.«

»Lass mich raten, wir haben keinen Einfluss drauf, welche das sein wird«, sagte Sam und schüttelte den Kopf.

»Stimmt, haben wir nicht.«

»Und dann? Können wir das Scheißteil nur einmal benutzen, oder was?«

»Es sei denn, jemand erklärt sich bereit, die Kräfte aufzunehmen.« Ben fuhr sich durchs Haar und stellte den

Koffer zurück auf den Boden. Gleich neben die Tasche, in der sich noch ein paar andere Objekte befanden, die seiner Meinung nach nützlich werden konnten. Handschellen, eine Dokumentenmappe und Kugeln, um später die Fähigkeiten zu lagern.

»Aber das ist Wahnsinn«, fiel Balduin ein. »Wenn eine Fähigkeit neu etabliert ist, hat man keine echte Kontrolle. In so einem Kampf könnte das tödlich sein.«

»Deshalb hatte ich gehofft, dass Sie sich dazu bereit erklären würden«, sagte Ben.

»Herzlichen Dank auch. Auf den Mann ohne Beine können wir verzichten, oder was?«

»Ich habe wiederholt angeboten, Ihre Beine zu rehabilitieren. Und darum geht es nicht. Sie sind der Einzige, der keine Fähigkeiten besitzt, mit denen die Neuen interagieren könnten. Es ist die einzige logische Wahl.«

»Okay, sagen wir, er macht das. Was dann? Können wir den Prototyp erneut verwenden?«

Ben schwieg einen Augenblick zu lange.

»Was?« Der Wagen machte einen Schlenker, als Sam sich zu Ben umdrehte. »Bist du noch ganz dicht? Es ist nicht mal sicher, dass wir ihn mehr als einmal verwenden können? Warum zum Teufel hast du nicht mehr davon mitgenommen?«

»Deshalb nennt es sich Prototyp. Man baut es einmal und guckt zuerst, ob es funktioniert, bevor man weitermacht.«

»Warum machen wir das dann nicht, warum testen wir nicht? Warum sind wir auf dem Weg in eine Selbstmordaktion?«

»Falls es dir noch nicht aufgefallen ist, es befindet sich ein Asteroid auf Kurs Richtung Erde, und dieser Typ hat vielleicht die Fähigkeit, ihn aufzuhalten. Allerdings kann ich mir nicht vorstellen, dass wir uns hinstellen, freundlich *Bitte, Bitte* sagen und der Herr tut wie ihm geheißen. Nein, wir müssen ihm seine verdammte Fähigkeit abnehmen und brauchen so viel Zeit wie irgendwie möglich, um sie uns zu eigen zu machen, um überhaupt auch nur den Hauch einer Chance zu haben.«

Anja hatte Ben noch nie so wütend gesehen.

»Ach ja! Und was zum Teufel machen wir dann bei deiner Familie und drehen einen ganzen Nachmittag Däumchen?«, schrie Sam, und das Auto bewegte sich auf die falsche Straßenseite.

»Sachte Junge«, sagte Balduin. »Guck auf die Straße.«

»Scheiße, Mann, ist doch wahr«, schnauzte Sam.

»Ich habe lediglich gedacht, dass es uns guttäte, eine Verteidigungsmaßnahme zu besitzen, gegen einen unverwundbaren Kerl mit der Fähigkeit, Blitze zu werfen. Was kann ich dafür, dass du so unsympathisch bist, dass Anja keinen Schild um dich legen kann?«

»Schluss jetzt!«, schrie Anja. Sie konnte das Testosteron in der Luft fast schmecken. »Es reicht! Ja, die Aktion ist krass und ja, wir können verdammt noch mal dabei umkommen. Aber ehrlich gesagt, benehmt ihr euch gerade wie ein paar Kindergartenkinder. Wir haben einen Prototyp zum Fähigkeitenentzug, wir haben einen menschlichen Blitzableiter, der sich offengesagt wesentlich erwachsener verhält als ihr beide zusammen, und wenn Balduin bereit ist, die Kräfte aufzunehmen, haben wir einen Plan. Jetzt müssen wir nur noch hoffen, dass Weiß nicht allzu viele Anhänger in petto hat, und dann haben wir eine echte Chance, die Sache noch rumzureißen. Vorausgesetzt natürlich, wir kommen lebend da an und ihr beißt euch nicht noch hier im Auto die Köpfe ab. Danke.«

Anja warf sich im Sitz zurück, verschränkte die Arme vor der Brust und funkelte jeden mit Laserblicken an, der es wagte, in ihre Richtung zu blicken.

Sie würden verdammt noch mal die Welt retten, koste es, was es wolle.

KAMPF

»Laut Geokoordinaten sind wir gleich da«, sagte Sam.

Ben kramte in einer Tasche und begann Schokoriegel zu essen.

»Nervös?«, fragte Sam mit einem Blick in den Rückspiegel und einem spöttischen Grinsen.

»Frag mich das noch mal, wenn du blutend auf der Erde liegst.«

Anja knuffte ihn in die Seite. Natürlich wollte er sich nur vorbereiten. Denn er hatte recht, es würde Verletzte geben. Und wenn Ben die heilen wollte, dann brauchte er dafür Rücklagen, so viele wie möglich.

Es gab auch einen Plan. Es war genau abgesprochen, was sie tun würden, sobald Weiß in Sicht kam. Deshalb steckte Balduin die Kugeln in seine Hosentasche, die Ben ihm als Träger für die Fähigkeiten reichte.

Und über allem schwebte die Hoffnung, dass sie recht gehabt hatten. Dass Weiß nichts von der App auf dem Handy seines Bruders gewusst hatte und sich tatsächlich hier aufhielt – mitten im Nirgendwo.

Anja war so nervös, dass ihr die Übelkeit den Hals hinaufkroch. Dabei hatten sie alles getan, was getan werden konnte. Schließlich hatten sie auf der endlosen Fahrt genug Zeit gehabt, um alle möglichen Szenarien durchzugehen. Trotzdem fiel es ihr schwer zu atmen, wenn sie an das dachte, was gleich auf sie zukam. Sie wollte sich nicht einmal vorstellen, wie es für Peter sein musste, der neben ihr saß und seine Finger knetete.

Anja legte ihre Hand auf seine und der Junge rutschte noch ein wenig näher an sie heran, so weit es der Gurt eben zuließ. Sie schlang ihren Arm um ihn und betete zu Gott, dem Universum oder was auch immer da draußen existierte, dass alles gut ausgehen würde.

Sie war fast schon erleichtert, als der Wagen anhielt.

Gleich würde es losgehen und bald war es vorbei. Ganz egal, wie es ausging, Hauptsache vorbei.

Natürlich stimmte das nicht.

Immerhin hing das Schicksal der Welt hiervon ab. Aber trotzdem schien die Ungewissheit noch viel schwerer auf ihren Schultern zu lasten, als alles, was bei diesem Kampf herauskommen konnte. Und es *würde* einen Kampf geben. Weiß würde sich niemals freiwillig stellen oder aufgeben.

Sie befeuchtete ihre Lippen und schluckte trocken. Am liebsten hätte sie ihren Kopf ausgeschaltet. Also konzentrierte sie sich auf die kleinen Dinge, die sie beeinflussen konnte. Türe öffnen, aussteigen, Türe schließen.

Sam hob den Rollstuhl nach draußen.

Fast hätte sie damit gerechnet, dass eine Armee aus Superhelden über sie hereinbrach. Aber es blieb still.

Glühende Hitze brannte ihr ins Gesicht. Eine dicke Schweißperle rollte unter ihrem T-Shirt den Rücken herunter. Und der leiseste Windhauch kitzelte mit ein paar verlorenen Haarsträhnchen ihren Nacken.

Um sie herum erstreckte sich in alle Himmelsrichtungen nur Sand, gesprenkelt mit struppigen, grünlichbraunen Büschen. Und genau vor ihnen lag ein riesiger grauer Block, mitten im Sand. Er war zu klein und klobig, um ein Haus zu sein, sah vielmehr aus wie ein Aufbau, vielleicht ein Bunker? Das würde passen. Also schien er sich tatsächlich hier versteckt zu haben.

Anja war sich bewusst, dass sie vor Freude wahrscheinlich Luftsprünge machen sollte. Stattdessen war ihr

Magen ganz schwer und harrte der Dinge, die jetzt kommen mochten.

Der Aufbau war ein viereckiger Kasten aus Beton mit einer stählernen Tür und einer Videokamera, die auf die Straße gerichtet war.

Anja sackte das Herz in die Hose.

Was, wenn er auch noch eine Verteidigungsanlage besaß?

Am liebsten wäre sie sofort wieder eingestiegen und weggefahren.

Reiß dich zusammen!

Es geht um das Schicksal der gesamten Welt.

Aber es blieb still. Kein Kugelhagel, keine Roboterarmee – okay, die Vorstellung war wohl auch übertrieben gewesen.

Entweder gab es keine Verteidigungsanlage oder sie war nicht eingeschaltet. Anjas Herz raste in ihrer Brust. »Und wie bekommen wir den jetzt da raus?«

Sie hatten mit vielem gerechnet, aber nicht damit, dass sie eine Konfrontation erzwingen mussten. In Anjas Vorstellung war Matt Weiß immer aus irgendeinem Gebüsch gesprungen und hatte sie hinterrücks angefallen. Aber die größten Büsche, falls man die Grasbüschel überhaupt so nennen konnte, waren höchstens so groß wie ein Fußball, eher noch kleiner. Und Weiß hatte sicher keinen Grund, seinen wohlgeschützten Bunker zu verlassen.

Ben war ganz offensichtlich nicht überrascht. Er griff in die Tasche, aus der er auch die Süßigkeiten geholt hatte, und zog eine dünne, schwarze Mappe hervor. Damit ging er zu dem Stahltor hinüber und hielt sie unter die Kamera. »Hier. Die Regierung schickt mich. Ich bin ermächtigt, deine Forderungen anzunehmen.«

Anja riss die Augen auf. »Stimmt das?«, zischte sie zu Balduin hinüber. Der reagierte nicht, dafür stieß Sam sie mit dem Ellbogen in die Seite.

Eine ganze Weile passierte gar nichts. Dann gab es ein Klacken und plötzlich öffnete sich die Stahltür.

Weiß trat heraus in die flirrende Hitze. Grauer Anzug, graues Haar, Brille mit Goldrand.

Er sah aus, als hätte er einen Termin für eine Vorstandssitzung. Auf jeden Fall gehörte man in dem Aufzug nicht mitten in die Wüste von Nevada.

Wind frischte auf.

Wind?

Anja blickte zum Himmel, der sich von einem makellosen Saphir in ein blasses Stahlblau verwandelt hatte.

»Das wäre aber verdammt schnell gegangen«, sagte Weiß zu Ben.

Anja hörte aus seiner Stimme heraus, dass er kein Wort glaubte. Aber gleichzeitig schwang auch eine unendliche Arroganz mit, die sagte: *Egal, was du mir entgegensetzt, ich werde dich zerquetschen.*

Und wahrscheinlich hatte er recht.

Weiß streckte die Finger nach der Mappe aus, um die vermeintliche Vollmacht entgegenzunehmen. Bens Hand schnellte nach vorne und mit aller Kraft drückte er Weiß den Prototypen in die Seite. Ein kurzes Aufblitzen und Weiß fand sich auf dem Boden wieder.

Aber er war nicht überrascht und auch nicht wütend. Im Gegenteil, er lachte. »Du musstest es probieren, was? Konntest es einfach nicht lassen.« Er kam auf die Beine und warf mit einem weiteren Lachen den Kopf in den Nacken. »Aber ich muss dich enttäuschen. Ihr seid mir nicht gewachsen. Ich habe mehr Kräfte, als ihr alle zusammen und ich werde euch dem Erdboden gleichmachen, noch bevor mein Asteroid eine Chance dazu bekommt.«

Dicke Wolken formten sich über ihren Köpfen und mit einem Sprung, der so schnell war, dass Anja ihn kaum verfolgen konnte, hechtete Weiß nach vorne und riss Ben mit sich. Der verlor den Prototypen, taumelte rückwärts und landete auf dem Boden, während sich Weiß Hände um seinen Hals schlossen.

»Nein!«

Anja wollte zu ihm hinstürzen, Weiß von seiner Brust reißen und Ben vor dem sicheren Tod bewahren. Aber zum Glück schaltete sich ihr Gehirn gerade noch rechtzeitig wieder ein. Sie konzentrierte sich. Sofort erstrahlte eine weißblaue Sphäre um Bens Körper und schleuderte Weiß Körper nach hinten. Ben griff sich keuchend an die Kehle.

Da war Sam schon bei ihm, hob den Prototypen auf und warf ihn Balduin entgegen. Anjas Herz raste mit donnernden Hufschlägen in ihrer Brust. Es musste funktioniert haben.

Weiß kam gerade wieder hoch und machte einen ungelenken Sprung. Er sah verwirrt aus und blickte auf seine Füße, doch dann fasste er sich gleich wieder. »Ihr glaubt doch nicht im Ernst, dass ihr eine Chance gegen mich habt.« Mit einem manischen Grinsen hob er die Hände über den Kopf.

Ein Blitz zuckte, Donner krachte und rollte in dicken Wellen über sie hinweg, die Luft um Anja herum knisterte und jagte eine Gänsehaut ihre Arme hinauf. Ihr Herz blieb stehen – aus.

Es war vorbei. Die Welt blieb schwarz.

Anja blinzelte. Nein, langsam kam das Licht zurück. Sie erkannte schemenhafte Gestalten.

Peter stand da, sein ganzer Körper war kohlschwarz, die Kleidung fiel in Fetzen von ihm ab und nur das Weiß seiner Augen ließ ihn lebendig erscheinen. Er griff sich mit seiner gewohnten Geste in das nicht vorhandene Haar.

Er lebt.

Als müsste er die verlorene Zeit aufholen, setzte ihr Puls wieder ein und trampelte mit nie gekannter Macht durch ihre Eingeweide.

Eilig musterte sie alle ihre Freunde. Sie sahen völlig unversehrt aus. Ein Blick auf ihre eigenen Arme verriet, dass auch sie nichts abbekommen hatte.

Ein unartikulierter Schrei entwich Weiß' Kehle. Noch ein Blitz, gefolgt von dem mächtigen Donner, der ihr Skelett bis in den letzten Knochen vibrieren ließ und in knackenden Stößen über den Wüstensand rumpelte.

Peter stand immer noch, Ben trat gerade neben ihn und als Anja seinen Blick suchte, reckte der Junge den Daumen in die Höhe.

Hat der Prototyp nicht funktioniert?

Oder hat er nur eine andere Fähigkeit genommen?

Hat es überhaupt geklappt?

Sie blickte sich um und sah, wie Balduin sich mit einer Hand an seinem Rollstuhl festhielt, während sich seine Beine wie schwerelos in den Himmel reckten.

Es hat doch funktioniert!

Ihr Herz machte einen erleichterten Sprung. Aber leider hatten sie die falsche Fähigkeit erwischt.

Anja lief zum Rollstuhl hinüber, wo Sam gerade versuchte, Balduin wieder hinzusetzen. Sie hob den Prototypen auf in der Hoffnung, dass er ein weiteres Mal funktionieren würde.

»Brauchst du Hilfe?«, fragte sie Sam. Hatte aber keinen Schimmer, was sie tun könnte.

»Alles easy.«

Anja schüttelte den Kopf, als ein weiterer Schrei die stürmische Wüstenluft durchschnitt.

Weiß raste auf den Jungen zu und schleuderte ihn in den Sand. »Was … bist du?« Seine Stimme war ein krächzendes Fauchen und seine Augäpfel schienen ihm gleich aus dem Kopf zu fallen. Ein Feuerball sirrte durch die Luft und riss Weiß erneut zu Boden.

Der Sturm frischte auf, Regentropfen fielen zischend auf die heiße Erde. Sand hob sich in die Luft und peitschte mit den Windböen in ihre Gesichter. Nadelstiche auf ihrer Haut.

Anja lief, so schnell sie konnte, zu Weiß hinüber, aber der war schon wieder auf den Beinen. Mit einer Bewegung, die schneller als ihre Augen war, war er auch schon an der Tür.

Nein!

Wenn er einmal im Bunker war, dann hatten sie verloren.

Doch statt kurz stehenzubleiben und sie zu öffnen, prallte Weiß mit voller Wucht gegen das grüne Metall und taumelte rückwärts.

Er hat die Geschwindigkeit noch nicht unter Kontrolle.

Anja rannte zu Weiß und rammte ihm erneut den Prototypen in die Seite. Das Gerät gab einen kleinen Blitz von sich und Anja warf es zu Balduin hinüber, der es mit Sams Hilfe mittlerweile geschafft hatte, in seinem Stuhl zu sitzen, ohne gleich wieder abzuheben.

Natürlich landete das kostbare Gut im Sand. Ben bückte sich, gab es an Balduin weiter und der zuckte, als sich der Prototyp entlud. Anja war gerade wieder bei ihm, da schlug er sich die Hände auf die Ohren und begann zu schreien.

Hören?

Anja nahm den Prototyp an sich. Sie war schon drauf und dran, Balduin die Fähigkeit wieder zu entziehen, aber der schüttelte den Kopf und presste die Hände nur noch fester auf seine Ohrmuscheln.

Er hatte recht.

Es gab Wichtigeres.

Plötzlich traf sie ein Gewicht mitten in den Rücken und schleuderte sie auf die Erde. Die Luft wurde ihr aus der Lunge gepresst und sie schmeckte Sand. Hustend und spuckend spürte sie, wie sich eine Faust in ihren Rücken bohrte. Anja schrie auf und ihre Sicht verschwamm. Sie sah ihr Leben an sich vorüberziehen. Es war kurz. Viel zu kurz. Das Einzige, was sie denken konnte, war, dass sie ihn aufhalten musste. Sie mussten Weiß stoppen. Um jeden Preis. Halb betäubt durch den Schmerz und das schmatzende Geräusch, das sie hörte, als eine Faust aus ihrem Rücken gezogen wurde, rammte sie den Prototyp in sein Bein, das sich an ihre Hüfte presste.

Nur am äußersten Rande ihres Bewusstseins erkannte ein halb erstickter Teil von ihr, dass es völlig egal war, welche Fähigkeit sie ihm genommen hatte. Es würde nicht reichen. Das hieß, wenn der Prototyp noch funktionierte, musste sie ihn so schnell wie möglich wieder einsetzen. Sie berührte die Kugel mit ihrem Finger, fühlte ein Kitzeln und schlug sie dann ein weiteres Mal in Weiß' Oberschenkel, bevor ihr Gesicht kraftlos in den Sand sackte, der ihr in die Nase drang.

Da wurde Weiß in einer mächtigen Hitzewelle von ihrem Rücken gerissen. Anja konnte sich nicht bewegen. Und es fiel ihr schwer, Luft zu holen.

Das ist mein Ende.

Der letzte, schwach glimmende Punkt ihres Bewusstseins hoffte nur, dass die anderen es schaffen würden, Weiß zu besiegen und die Welt zu retten.

Der Regen durchtränkte den Sand unter ihrer Wange und ließ matschiges Knirschen in ihren Mund sickern.

ENDE

Ben wurde umgerissen und landete auf dem Rücken, als Weiß an ihm vorbeirannte. Sam packte den Angreifer an der Schulter, dessen Anzug qualmte und fing Feuer. Dann wurde Sam von einem mächtigen Schlag durch die Luft geschleudert. Und Weiß' Faust bohrte sich mit übermenschlicher Kraft durch Anjas Rippen. Blut spritzte und Knochen splitterten. Bens Magen zog sich zusammen. Er setzte sich sofort in Bewegung, aber alles geschah so unglaublich schnell.

Er konnte kaum glauben, dass sie sich nach diesem Treffer überhaupt noch bewegen konnte. Doch tatsächlich schaffte sie es sogar zweimal, den Prototyp in Weiß' Bein zu stoßen und ihm eine Fähigkeit zu entziehen, bevor eine gigantische Feuerwand zischend durch den Regen sengte und Weiß in den feuchten Sand trieb.

Der verlor seine Brille und eine tiefe Schürfwunde zog sich über seine linke Wange.

Er ist verwundbar!

Damit änderte sich alles.

Wir haben eine Chance.

Ben machte endlich die letzten Schritte zu Anja, schlitterte durch den Sand und warf den Prototypen zu Balduin hinüber.

Ihre Wunde sah grausam aus, die Lunge schien verletzt. Er hatte keine Ahnung, ob er das heilen konnte – ob er bei dem Versuch sterben würde, aber das war ihm gleich. Er legte seine Hand auf ihre und schloss die Augen.

***

Balduin übernahm mittlerweile die dritte Fähigkeit, ihm war schwindelig und übel. Er warf Sam den Prototypen zu und hoffte, dass Weiß bald am Ende seiner Kräfte wäre. In jedem Sinne des Wortes.

Er hatte sich immer geweigert, Fähigkeiten zu übernehmen. Selbst jetzt sträubte sich jede Faser seines Körpers dagegen. Aber es war die einzige Möglichkeit, diesen Mörder zur Strecke zu bringen.

Leider fehlte ihm nun Übung darin, dieses verdammte Zeug zu kontrollieren.

Er griff in seine Hosentasche und beförderte eine der silbernen Kugeln zu Tage. Er wollte die Fähigkeiten so schnell wie möglich wieder loswerden. Schweiß trat ihm auf die Stirn. Er versuchte, sich zu konzentrieren, aber sein ganzer Körper summte unter den neuen Empfindungen, als würden die Kräfte in Widerstreit miteinander treten und um die Vorherrschaft kämpfen. Er drückte die Kugel zwischen seinen Fingern und versuchte, sich mit aller Macht zu konzentrieren.

Dann musste er sich übergeben.

***

Regen peitschte ihm ins Gesicht, verdampfte zischend auf seinen Händen und aus dem Augenwinkel sah er, wie Ben sich um Anja kümmerte.

Wo war Greta? Wo waren die anderen?

Sie sollten hier an Weiß' Seite kämpfen, doch stattdessen hatte Weiß ihre Fähigkeiten.

Sam brauchte eine halbe Ewigkeit, um zu erkennen, was *das* zu bedeuten hatte.

Weiß würde büßen, jetzt und hier. Er würde für Anja büßen und für alle, die er umgebracht hatte.

Mit bitterer Entschlossenheit setzte er sich in Bewegung. Im Lauf ließ er eine seiner Hände verlöschen und schnappte sich den Prototypen. Ein scheiß Wunder, dass das Ding immer noch funktionierte.

Weiß musste die Aussichtslosigkeit seiner Situation erkannt haben, denn er setzte zu einem verzweifelten Gegenangriff an und stürmte auf Sam zu. Der riss die noch brennende Hand hoch und schleuderte dem Mörder eine Feuerkugel entgegen, die mit voller Kraft auf Weiß' Brust einschlug und sich in dessen Hemd fraß. Aber der Verrückte blieb nicht stehen. Er rannte weiter und Sam nutzte den Schwung des Angriffs, um ihm den Prototypen in den Bauch zu hämmern. Der übliche Blitz, dann ein Knirschen, der Prototyp zerbrach und Ben konnte spüren, dass etwas auf ihn überging. Ein Orkan wütete plötzlich in seinem Innern, Regen und Sandsturm drehte sich in großen Wirbeln und peitschten von *innen* gegen seine Brust.

Das Wetter!

Ein Faustschlag traf Sam mitten ins Gesicht, dann noch einer. Mit den Armen rudernd, taumelte er nach hinten.

Weiß war wieder auf den Beinen und hatte offensichtlich immer noch nicht aufgegeben. Sam wollte ihm mit seiner Feuerhand die Kehle zuschnüren, sein Fleisch verbrennen und den Kopf von den Schultern trennen, aber eine Windböe kam ihm zuvor und warf Sam um.

Weiß lachte schallend. »Gar nicht so einfach, was?«

Sam schüttelte den Kopf und versuchte, einen klaren Gedanken zu fassen. Der Regen nahm an Gewalt zu und formte erbsendicke Hagelkörner, die auf seine Stirn prasselten.

***

Als Anja zu sich kam, schlugen Eiskugeln so dick wie Maiskörner auf ihren Körper. Sie hustete und spuckte Sand. Ben war über ihr zusammengesunken. »Ben!«

Sie richtete sich auf dem matschigen Boden auf und strich ihm die Haare aus der Stirn.

»Ben!«

Es war eindeutig, was er jetzt am nötigsten brauchte. Aber Weiß war noch nicht besiegt und Balduin hielt sich unter Schmerzen den Kopf. Sie entdeckte Peter, der wie versteinert dastand und alles beobachtete.

Entschlossen schob sie Ben von sich herunter und gerade, als Sam strauchelte und das Gewitter an Stärke zunahm, packte Anja den Jungen am Arm. Eindringlich sah sie ihm in die Augen und deutete auf Ben »Er braucht Süßigkeiten.«

Aus leeren Augen starrte Peter ihr entgegen. Sie packte ihn unsanft an den Schultern. »Das ist mein Ernst. Peter. Hörst du mich? Geh zum Wagen, finde ein paar Schokoriegel und sorg dafür, dass Ben sie isst. Verstanden?«

Sie schüttelte ihn ein bisschen. »Verstanden?«

Peter blinzelte und schien langsam aus einer Art Trance zu sich zu kommen. Dann nickte er. Plötzlich war er hellwach und stolperte durch Sand und Hagelsturm zum Hummer.

Anja sah gerade noch, wie Weiß mit dem Bein ausholte und Sam genau in die Magengrube traf. Ihr Kopf schrie *Nein!* Aber egal, wie sehr sie es sich wünschte, ihr Schild wollte sich nicht um Sam herum ausdehnen und ein weiterer harter Tritt krachte gegen seinen Kiefer, bevor sie bei ihm war. Anja wollte ihren Schild benutzen, doch der versagte. Vor lauter Schock stolperte sie und duckte sich damit unter einem Schwinger von Weiß hindurch, in den sie sonst frontal hineingerannt wäre. Sie fing sich, drehte sich herum und als er mit einem widerlich gemeinen Grinsen die Zähne bleckte, schlug Anja zu.

Sie hatte sich in ihrem ganzen Leben noch nie so sehr gewünscht, jemanden zu treffen. Dabei ging es ihr gar nicht wirklich darum, ihm weh zu tun. Sie wollte nur, dass das hier endlich aufhörte, dass der Kampf endlich vorbei war. Sie wollte, dass er K.O. ging und wusste im selben Augenblick, dass ihr dazu einfach die Kraft fehlte.

Ihre Faust traf sein Kinn. Ein Knacken. Ein Keuchen. Weiß riss die Augen auf, dann stürzte er schwer in den feuchten Sand und blieb liegen.

Anja blinzelte erstaunt über die heftige Auswirkung ihres Schlags. Ihr ganzer Körper zitterte und als Weiß sich tatsächlich nicht rührte, sackte sie erleichtert auf die Knie.

BUNKER

Sand knirschte immer noch zwischen ihren Zähnen. Sie stützte sich auf ihre Oberschenkel und spuckte ihn aus, aber das nützte nicht viel.

Es war vorbei.

Wirklich vorbei.

Weiß lag immer noch bewusstlos auf dem Rücken. Sie hatten ihn tatsächlich besiegt. Wie es weiterging, stand auf einem völlig anderen Blatt.

Regen prasselte immer noch vom Himmel, aber wenigstens der Sturm hatte nachgelassen.

Anja betrachtete ihre kleine Truppe, von der jeder mehr oder weniger malträtiert aussah. Peter sah am übelsten aus, er hatte kein einziges Haar mehr am Körper und seine Kleidung hatte sich in eine Rußschicht verwandelt. Abgesehen davon sah er unversehrt aus.

Ben hatte sich halb aufgerichtet und lehnte gegen den Hummer. Sam lag zusammengesunken auf dem Boden und stöhnte. Und Balduin wirkte, als würde er gegen einen Haufen Dämonen kämpfen.

Von allen Anwesenden schien sie selbst noch am wenigsten abbekommen zu haben. Dank Ben war sie frisch geheilt, ihr Körper fühlte sich relativ in Ordnung an. Nichtsdestotrotz war sie innerlich zerrissen und hätte sich am liebsten einfach hingesetzt und ausgeruht.

Aber es war keine Zeit für Nickerchen. Jetzt war es an ihr, die nächsten Schritte zu unternehmen. Denn obwohl Weiß ohnmächtig auf dem Wüstenboden lag, war das größte Problem noch lange nicht gelöst.

Also widerstand sie dem Drang, sich auszuruhen und ging stattdessen zu Ben hinüber. Sie hockte sich neben ihn. »Alles in Ordnung?«

Offensichtlich nicht.

Er lächelte trotzdem. »Es geht schon.«

Am liebsten hätte sie sich in seine Arme geworfen und wäre drei Tage lang nicht wieder aufgestanden. Aber das stand außer Frage.

Sie strich ihm kurz durchs Haar und gab ihm einen Kuss, nur einen winzigen, sonst wäre sie der Versuchung erlegen und bei ihm geblieben. Peter hatte die Tasche neben ihm liegen lassen. Darin fand sie die Handschellen.

Sie ging zu Weiß hinüber, der unbeweglich und schlaff im Sand lag. Die Frage war, wo sie ihn festketten sollte. Sie entschied sich für das Gestänge vorne am Ende der Motorhaube des Hummers. Rammschutz hatte Sam das Ding mit glänzenden Augen genannt, als sie beim Autovermieter darauf gewartet hatten, dass Ben die Papiere fertigmachte.

Aber wie sollte sie Weiß zum Auto hinbekommen? Mit einem tiefen Seufzer hob sie die Arme des Mannes an und lehnte sich mit ihrem ganzen Gewicht nach hinten.

Mit erstaunlicher Leichtigkeit zog sie den großen Kerl zum Hummer.

Das machte natürlich Sinn. Ihr Schild hatte versagt, weil eine neue Fähigkeit sich ihren Weg gebahnt hatte. Und diese *Kraft* hatte Weiß den Kiefer gebrochen genau wie sie ihn jetzt zum Auto beförderte.

Sie war ein bisschen verwundert, dass sich keine Nebenwirkungen zeigten. Wie bei Balduin, der sich gerade wieder die Ohren zuhielt. Andererseits war das nicht ihre erste Fähigkeit und sie hatte nur eine aufgenommen. Vielleicht würden sich die Folgen erst später einstellen.

Sie kettete Weiß mit der Handschelle fest. Der Rammschutz war ein bisschen zu weit oben für eine bequeme Liegeposition. Aber wer verlangte, dass Weltenzerstörer es bequem haben sollten?

Niemand.

Anja ging zu Balduin, der eine der Kugeln in den Händen hielt und sie fest presste.

Sie hatte nicht das Gefühl, dass sie irgendwie würde helfen können. Was Balduin jetzt am meisten brauchte, waren wohl Konzentration und Ruhe. Beides würde sie nicht durch Rumstehen oder Anfeuern erzeugen.

Ben war inzwischen wieder auf den Beinen und hatte sich neben Sam niedergelassen, während Peter mit ein paar Schokoriegeln bewaffnet hinter ihm stand und wartete. Anja holte ihre Jacke aus dem Kofferraum des Autos und legte sie dem Jungen um die Schultern. Was keinen Sinn ergab, weil es trotz des nachlassenden Regens immer noch warm war. Aber es fühlte sich irgendwie richtig an.

Nun stand Anja vor der zerbeulten Tür des Bunkers. Da würde man wahrscheinlich einen Schneidbrenner brauchen, um hineinzukommen. Als Weiß mit voller Wucht, erhöhter Geschwindigkeit und unverwundbar dagegen geprallt war, hatte er eine wunderschöne, riesige Delle in der Tür erzeugt und sie in ihrem Rahmen eingekeilt.

Andererseits hatte Anja gerade herausgefunden, dass sie Super*kraft* besaß, also konnte sie es immerhin versuchen. Sie legte die Hand auf die Klinke und zog daran, so fest sie konnte.

Der Griff gab sofort nach, sie stolperte einen Schritt zurück und hielt das Metallstück in der Hand.

Hervorragend.

Sie ließ es in den Sand fallen und schürzte die Lippen, während sie den Bunkereingang betrachtete. Schließlich fand sie eine Stelle, die nicht ganz so fest auflag, wie der Rest. Sie versuchte, einen Halt an der verbogenen Tür zu finden, zog, zerrte, riss und stolperte auch schon wieder rückwärts. Diesmal wurde sie von einer großen Stahltür begraben.

Dankeschön.

Ungehalten stieß sie gegen das Metall, das sofort in hohem Bogen durch die Luft flog und nur einen halben Meter neben dem Hummer zu liegen kam.

»Sachte, Anja«, sagte Ben erschöpft. Er hockte neben Sam und war leichenblass.

»Sagt der Richtige«, gab sie zurück, aber es tat ihr sofort wieder leid. Diese *Kraft* war unberechenbar und um ehrlich zu sein, machte sie ihr ziemlich Angst. Bevor sie in den Bunker hineinging, machte sie noch einen Abstecher zur Tasche, schloss die Fähigkeit in eine der Kugeln ein und schob sie in ihre Hosentasche.

Sicher ist sicher.

Balduin dagegen kämpfte immer noch schwitzend um genug Kontrolle, die es ihm erlauben würde, sein neu erworbenes Chaos wieder loszuwerden.

***

Im Bunker summte die orangegelbe Notbeleuchtung.

Vorsichtshalber schaltete Anja ihren Schild ein und saugte ihn so eng wie möglich an ihren Körper heran, um durch die schmalen Gänge zu passen. Sie hatte ein bisschen das Gefühl durch ein Krankenhaus zu gehen. Alles war still, weiß, grau und steril. Es gab einen Aufenthaltsraum, Vorratsräume mit gestapelten Dosen und Kisten. Natürlich einen Waschraum, in dem sogar eine Badewanne stand.

Zum Wäsche waschen?

Schließlich kam sie zu einem Krankenzimmer.

Ihr wäre fast das Herz stehengeblieben, als sie zwei Menschen darin entdeckte. Beide lagen auf Krankenbetten und waren an Infusionen angeschlossen.

Den einen erkannte sie an dem großen Muttermal auf der Hand. Das eine war Jessicas Studienkollege und damit der Bruder von Weiß – Kevin.

Und das andere war die Gedankenleserin, Greta.

Anja klappte der Mund auf.

Die Tatsache, dass Kevin dort lag, konnte sie verstehen. Wenn er mit seinem Bruder so uneins war, dann gab es vielleicht einen guten Grund, um ihn ruhigzustellen. Aber was war mit Greta?

Sie fragte sich, was in den Infusionsbeuteln war. Nährstofflösung? Schlafmittel?

Konnte sie die einfach so abmachen?

Sie waren bestimmt nicht zur Deko hier, und wenn Weiß sie angeschlossen hatte, gab es sicherlich tausend Gründe, um sie abzunehmen.

Kurzentschlossen zog sie den Schlauch samt Kanüle aus Kevins Hals und presste erschrocken ihre Hand auf die Wunde, um die Blutung zu stoppen.

Damit hättest du ja wohl rechnen können.

Sie schimpfte mit sich selbst, ließ kurz los, durchsuchte die Schränke nach einem Pflaster und wurde schließlich fündig. So war sie bei Greta vorbereitet und drückte eine Mullbinde auf die Wunde.

Allerdings hatte Anja keine Ahnung, wie lange es dauern würde, bis beide aufwachten und erst recht nicht, was Gretas Absichten wären. Offensichtlich war sie Weiß nicht ganz geheuer gewesen, sonst hätte er sie wohl nicht ins Koma versetzt. Also gab es vielleicht eine Chance, dass sie auf ihrer Seite war.

Trotzdem war sie Anja unheimlich. Also fesselte sie die junge Frau mit ein paar Verbänden an ihre Pritsche und ging wieder nach draußen zu den anderen.

GRÜNDE

Als Greta die Augen öffnete, hörte sie Stimmen.

Viele Stimmen.

In ihrem Kopf.

Das konnte nichts Gutes bedeuten.

Wenn der Plan erfolgreich gewesen war, dürfte niemand hier sein. Höchstens Matt.

Die weiß gekalkte Decke des Bunkers war bedrohlich nah.

Aber warum sollte er sie wecken?

Entweder er brauchte ihre Fähigkeit so dringend, dass er das Risiko eines möglichen Verrats einging oder …

Irgendetwas war schiefgelaufen.

Greta wollte sich aufrichten, aber es ging nicht.

Ich bin gelähmt.

War sie das? Oder waren das die Gedanken eines anderen? Sie konnte es nicht sagen. Der Wirrwarr in ihrem Kopf wurde durch Nebelschwaden aus Ungewissheit verstärkt. Eine graue, trübe Suppe, die ihr das Denken erschwerte.

Wieso hat er das nur getan?

Wie konnte er nur?

Diese Gedanken gehörten definitiv nicht ihr.

Oder doch?

Aber das Schluchzen nicht.

Greta drehte den Kopf.

Matts Bruder saß auf der Pritsche neben ihr.

Noch einmal wollte sie aufstehen, aber etwas hielt sie zurück. Bandagen, die sie an das Krankenbett fesselten.

»Hey«, sagte sie. Ihre Stimme krächzte.

Hey. In seinem Kopf.

Hey. In ihrem Kopf.

Das Echo vibrierte zwischen ihren Ohren.

»Kannst du mich losbinden?«

Losbinden.

Binden.

Kevin wischte sich über das Gesicht. »Was ist passiert?«, fragte er.

»Ich weiß es nicht.«

Es nicht.

Nicht.

Das war nicht gelogen. Das war echt. Musste es sein.

»Bitte, mach mich los, los. Wir finden es raus, raus.«

Sie war sich nicht sicher, ob sie die doppelten Worte tatsächlich aussprach oder ob die Echos nur in ihrem Kopf existierten.

Kevin wischte sich noch einmal mit dem Ärmel über die Augen und stand auf. Er kam zu ihr herüber und löste die Wickel. Greta setzte sich und Schwindel ergriff ihren Kopf.

Als ob der Nebel und die Stimmen und das Echo nicht schon schlimm genug wären.

Er hat mich verraten.

Er will die Welt zerstören.

»Hat er nicht. Er wollte dich beschützen und die Erde retten.«

Retten.

Tenten.

Die Echos wurden zunehmend verwirrender.

In wessen Kopf waren sie?

In ihrem?

In seinem?

Und wem gehörten diese maßlose Trauer und die Enttäuschung?

»Wo ist er?«, fragte Greta und versuchte das Echo niederzukämpfen, auszublenden, wie Matt es ihr beigebracht hatte.

War das wirklich Matt gewesen?

Gewesen.

Wesen.

Echoten jetzt schon ihre eigenen Gedanken?

Danken.

Kenkenken.

Greta presste ihre Hände auf die Schläfen.

Nein. Matts Plan war gut. Er wollte der Menschheit eine Lektion verpassen.

Mangelnde Vorbereitung führt zu einem bitteren Ende.

Ende.

Dedede.

Hatte Kevin geantwortet?

Er legte ihr die Hand auf die Schulter und sah sie fragend an.

»Wo ist er?«, fragte sie noch einmal.

»Lass uns nachsehen.«

Aber in seinem Kopf war Durcheinander. Oder in ihrem?

Wo war Matt?

Was war los?

Er führte sie durch den schmalen Flur, die orangefarbene Notfallbeleuchtung stach ihr in die Augen.

Matt hatte Unrecht gehabt.

Mit einer Strafe rettet man die Menschheit nicht. Nicht mit einer Strafe, die die halbe Menschheit vernichtet.

Das war doch offensichtlich.

Oder nicht?

Oder war das Kevin?

Sie wollte raus hier. Nur raus.

An die frische Luft und dann weit, weit weg von all diesen Stimmen.

Schwüle Luft, wasserschwanger, schlug ihr ins Gesicht, als sie ins Licht trat. Das Stechen in ihren Augen wurde schlimmer.

Und dann sah sie Matt, angekettet an ein dickes, schwarzes Auto. Er lachte.

Dann ist alles gut, oder?

Aber nein. Er war verzweifelt.

Oder sie selbst war verzweifelt?

Oder irgendjemand anders.

Aber sein Plan ging auf. Die Welt würde sterben.

Das war gut.

Oder nicht?

Nein, das war schlecht. Das war grausam.

Sie dachte an das kleine glucksende Baby in einem Haus in Vermont, das keine Zukunft hatte.

Greta schluckte. Sie war nie in Vermont gewesen.

Aber dieses winzige, lachende Bündel mit dem goldigen Lachen und diese Hoffnungslosigkeit erschlugen sie fast, ertränkten sie in den sengenden Strahlen der Sonne und drückten sie in den Matsch unter ihren Füßen.

Tränen traten ihr in die Augen.

Sie musste ihn aufhalten, um jeden Preis aufhalten.

Die Stimmen wurden lauter und prasselten immer härter in kleinen Eisklumpen auf ihre Stirn. Sie legte die Hände auf die Ohren, aber es nützte nichts, es nützte nie.

Sie konnte das nicht mehr aushalten. Sie wollte nicht mehr.

***

Mit viel Genuss kippte Anja dem widerlichen Mistkerl einen Schwall Eiswasser ins Gesicht. Hustend und spuckend kam er zu sich. Die Handschelle hatte sich in sein Handgelenk gefressen und Anja hoffte, dass er Schmerzen hatte. Davon oder wenigstens von dem sicherlich gebrochenen Kiefer. Und ja, sie war sich durchaus bewusst darüber, dass sie das einige Karmapunkte kostete, aber zum Geier, der Typ hatte vor, einen Asteroiden auf die Erde zu schmeißen.

Hallo?

Anja schäumte und hätte ihn am liebsten mit sämtlichen Schimpfwörtern bedacht, die sie kannte. Eine überschaubare Menge, aber mindestens einen haarsträubenden Seemannsfluch hatte sie auf Lager.

Umso überraschter war sie, als Weiß plötzlich anfing zu lachen. Richtig herzhaft und aus vollem Hals.

Geht's noch?

»Was ist so lustig?«, fragte sie.

»Jetzt denkt ihr also, ihr hättet gewonnen, was?« Er bekam sich immer noch nicht ein und wischte sich mit der freien Hand durchs Gesicht.

»Natürlich haben wir das. Sie sind …« Anja rang nach Worten, nach einem coolen Spruch, aber ihr fiel nichts ein, also nahm sie das Offensichtliche. »Sie sind angekettet. Sie kommen ins Gefängnis. Es ist vorbei.«

»Gar nichts ist vorbei. Gar nichts! Die Welt geht unter und wird wieder auferstehen. Dank mir. Ich bin der Erlöser. Der Retter der Erde. Und es gibt nichts und niemanden auf dieser Welt, der das noch verhindern könnte. *Ich* bin die Zukunft.«

Ihr ganzer Körper zitterte. Was hatte sie eigentlich erwartet? Dass er einfach einknickte? Dass er seinen Fehler einsah und sich bereiterklärte, alles rückgängig zu machen?

Wach auf, Anja!

Wir leben nicht in einer Welt aus Schokolade mit Zuckerguss.

Ben trat neben sie und legte ihr die Hand auf die Schulter, aber er sprach zu Weiß. »Dir ist klar, dass du den Rest deines Lebens im Gefängnis verbringen wirst, wenn du nicht kooperierst. Wenn wir dir allerdings nur deine Wetter-Fähigkeit zurückgeben und du den Asteroiden ablenkst, ohne deine verrückten Forderungen zu stellen, dann bin ich mir sicher, dass wir einen Deal …«

Mit dem Wetter wäre er immer noch gefährlich, aber sie hatten Peter. Und ohne die Unverwundbarkeit würden sie ihn jederzeit wieder besiegen können.

Weiß lachte, diesmal noch lauter als eben. »Oh Ben, ich bitte dich. Wir wissen beide, dass das nicht passieren wird. Allerdings, wenn du mir meine Fähigkeiten zurückgibst und du dafür sorgst, dass meine Bedingungen erfüllt werden, dann könnte ich mich *vielleicht* dazu bewegt fühlen, eure jämmerlichen kleinen Ärsche doch noch zu retten. *Vielleicht*. Wenn ihr mich ganz lieb darum bittet. Auf der anderen Seite, vielleicht auch nicht.« Er lachte wieder.

Jeder Muskel in Bens Körper spannte sich an. Anja konnte spüren, dass er kurz davor war, diesem Widerling die Gurgel umzudrehen.

Ein unterdrückter Schrei ließ sie herumfahren. Greta stand in der Tür und presste sich die Hände auf die Ohren.

Wie ist sie entkommen?

Kevin stand neben ihr.

So natürlich.

Anja hätte sich selber Ohrfeigen können. Irgendwer hätte bei ihnen bleiben sollen.

Und wer?

Zu spät.

Greta sackte weinend in die Knie.

Was hat sie?

Anja konnte nicht aus ihrer Haut. Weltenzerstörerunterstützer hin oder her. Sie war sofort bei der zitternden jungen Frau.

Vielleicht konnte Greta ja helfen. Vielleicht konnte sie Weiß dazu bringen, den Asteroiden doch noch aufzuhalten. Immerhin hatte er sie *nicht* umgebracht. Irgendetwas musste sie ihm deshalb doch bedeuten. Oder Kevin. Vielleicht war er der Schlüssel. Einer von beiden würde Weiß dazu bewegen, seine Kräfte zu benutzen und den Asteroiden abzulenken.

»Nein!«, kreischte Greta. Sie schüttelte den Kopf, als würde sie sich von etwas losreißen wollen. »Nein«, noch einmal. Ihr Kreischen ging diesmal in ein Schluchzen über. Anja legte ihr den Arm um die Schultern.

»Er kann den Asteroid gar nicht aufhalten.« Greta zitterte am ganzen Körper. »Konnte er nie.«

»Das ist unmöglich«, flüsterte Anja. Am liebsten hätte sie die junge Frau geschüttelt.

Das darf einfach nicht wahr sein.

Das würde das Ende bedeuten.

Das Ende der Hoffnung und das Ende der Welt.

Aber aus Greta war kein Wort mehr herauszubekommen, sie weinte und schluchzte, zitterte, wippte vor und zurück und drückte sich die Fäuste in die Schläfen.

Das musste ihre Fähigkeit sein. Vielleicht hatte das Beruhigungsmittel ihre Kontrolle gemindert oder ihre Fähigkeit war gewachsen. Egal was es war, es machte sie verrückt.

Mit ein paar schnellen Schritten war Anja bei der Tasche und fand eine der Aufbewahrungskugeln. Sie ging zurück zu Greta und drückte sie ihr in die Hand. »Hier.«

Greta wimmerte und sah sie aus leeren Augen an.

»Drück zu, so fest du kannst und dann musst du nur noch loslassen. Sie gehört nicht zu dir, auch wenn es sich so anfühlt«, wiederholte sie Balduins Worte. »Lass die Fähigkeit einfach gehen, dann hört es auf.«

GEDANKEN

Stille.

Greta war zum ersten Mal allein in ihrem Kopf.

Zum ersten Mal seit so langer Zeit, dass sie sich an ein Davor kaum noch erinnern konnte.

Es war so unglaublich still. Und einsam.

Wie die Fühler einer Schnecke streckte sich ihr Bewusstsein ganz langsam aus dem kleinen harten Kern im Zentrum ihrer Existenz heraus. Wagte erste, vorsichtige Tastversuche in die Leere.

War sie wirklich allein?

War das möglich?

Sie blinzelte. Sonne. Heiß und unerbittlich brannten ihr die Strahlen ins Gesicht.

Matt hockte auf dem Boden vor dem großen schwarzen Auto und lachte nicht mehr. Wütend funkelten seine Augen sie an.

Als hätte sie ihn verraten.

Aber kein einziger Laut entstand dadurch in ihrem Kopf. Keine Emotionen rollten ungebremst durch ihren Brustkorb.

Stille.

Was dachte sie?

Was fühlte sie?

Nichts.

Die vergangenen Jahre vermengten sich zu einem faserigen Brei. Ehemals bunte, kristallklare Farben vermischten sich zu einem einheitlichen, matschigen Braun. Was davon war jemals ihr Eigen gewesen?

Wie viel davon war sie? Und welche Teile gehörten eigentlich zu jemand anderen?

Die vorsichtigen Fühler ihres Ichs trafen auf Anjas mitfühlendes Gesicht und schreckten zurück, weil sie Gefühle erwarteten, die nicht ihre eigenen waren.

Doch sie blieb leer.

Hatte Anja etwas gesagt?

Irgendwer gesprochen?

Blinzelnd nahm Greta die Hände von den Ohren und Laute trafen auf ihr Trommelfell, die nicht als Echo in ihrem Kopf gebrochen wurden.

»Hier.« Anja hielt eine silberne Kugel in die Höhe. »Das sind sie. Sie sind weg.«

Gretas Finger streckten sich unwillkürlich nach dem glatten Silber aus. Aber Anja zog es weg. Emotionen spiegelten sich auf ihrem Gesicht, die Greta nicht deuten konnte. Zu lange hatte ihr Kopf darauf vertraut, genau zu *wissen,* was der andere dachte. So lange, dass sie verlernt hatte zu sehen.

»Wieso eine Kugel?« Die Frage klang trocken auf ihren Lippen, heiser. Zusammenhanglos. Aber sie war ein Anker. Sie musste wissen, dass sie noch existierte. Dass sie noch eine Verbindung zu der Welt da draußen besaß, die so weit entfernt schien wie das andere Ufer eines ganzen Ozeans.

Anja zuckte mit den Schultern. *Unsicherheit*! meldete Gretas Unterbewusstsein. Eine vage Erinnerung an uralte Zeiten.

»Balduin meint, dass man die Fähigkeiten in jedem Gegenstand aufbewahren kann. Aber Kanten und Ecken lassen sie leichter entschlüpfen. Kugeln halten sie am besten gefangen, solange man nicht zu fest drückt oder sie zerstört.«

Sie will dich beruhigen.

Das unsichere Gebilde in Gretas Zentrum versuchte sich weiter auszubreiten. Aber da war so viel Platz in ihrem Innern. So viele Orte, an denen sie seit Jahren nicht gewesen war. So viel schwarzer Raum, den es zu füllen galt – mit sich selbst.

Es schien unmöglich, das jemals wieder wahr werden zu lassen.

Wer bin ich?

Fragte ein weiterer Fühler, der sich im Zentrum des Kerns der Schnecke befand und sich langsam dem Licht entgegenreckte.

Was will ich?

Fragte ein Zweiter.

Warum bin ich hier?

Alles Fragen, auf die ihr die Leere einfach keine Antwort geben wollte.

Noch vor wenigen Stunden – waren es Stunden? – war alles so klar gewesen. Greta hatte ein Ziel gehabt, wusste, zu wem sie gehörte und wo sie stand.

Die Welt zu zerstören, um sie zu heilen, war so sinnvoll erschienen.

Aber jetzt?

***

Im Innern der jungen Frau schienen gigantische Schlachten geschlagen zu werden.

Anja fragte sich, was sie jetzt wohl empfand. Wie mochte das sein, nach so langer Zeit den Kopf wieder für sich selbst zu haben?

War es eine Erleichterung?

Oder beängstigend?

Sie brauchte nicht zu fragen, um zu wissen, dass sie keine Antwort bekommen würde. Nicht jetzt und vielleicht für eine lange Weile nicht.

Aber sie brauchten ein paar Antworten. Und zwar auf ganz andere Fragen.

Greta hatte gesagt, Weiß könnte den Asteroiden nicht aufhalten. Dass er es nie gekonnt hatte. »Ist das wahr?« Anja richtete ihre Frage an Weiß.

»Wenn es so wäre, müsste ich wohl ziemlich dumm sein, das zuzugeben, oder?«

Es ist wahr. Der Asteroid lag nie in seiner Macht.

Anja konnte es nicht fassen.

»Wie haben Sie es dann gemacht? Wenn nicht durch Ihre Fähigkeit, wie haben Sie den Asteroiden dann umgelenkt?«

»Mit der Sonde«, sagte Ben. »Das Antriebssystem war sabotiert, richtig?« Aber eigentlich klang es gar nicht wie eine Frage.

Weiß antwortete nicht. Er starrte Ben nur wütend an.

»Aber warum?«, fragte Anja. »Der Point of no Return ist schon lange überschritten. Warum dann dieses Spiel mit den Politikern, warum das ganze Theater, wenn von Anfang an klar war, dass Sie ihn doch nicht aufhalten können?«

»Ist das nicht offensichtlich?«

»Nein.« Anja konnte diesen ganzen Irrsinn nicht im Mindesten begreifen.

»Was ist das größte Problem der Menschheit?«, fragte Weiß und richtete sich etwas auf, um den Druck auf seinem Handgelenk zu vermindern.

Tausend Antworten schossen durch Anjas Kopf, die alle keinen Sinn ergeben wollten für das, was sich dieser kranke Mensch ausgedacht hatte.

Umweltverschmutzung. Globale Erwärmung. Krieg. Hunger. Elend.

»Politik«, sagte er trocken. »Und damit meine ich nicht ein übergreifendes System, das unser Zusammenleben regelt, sondern verbohrte Kleingeister, die Millionen für irgendwelche Kriege ausgeben, während auf der anderen Seite Kinder verhungern und Menschen an Krankheiten sterben, die eigentlich schon ausgerottet sein sollten. Und warum? Wegen länderübergreifender Politik. Oder deren

Abwesenheit. Der Eine könnte dem Anderen ja zu viel zugestehen. Irgendwer könnte ja als Gewinner aus der Sache hervorgehen.« Er spuckte in den Sand.

Es macht trotzdem keinen Sinn.

»Und was ist das beste Mittel, um Menschen zu vereinen?«, fragte Weiß.

Liebe!

»Angst! Todesangst, um genau zu sein. Ein gemeinsamer Feind, gegen den man sich vereinen kann. Ein Asteroid ist ganz nett, aber ein echter, greifbarer Mensch ist besser. Ganz egal, was bei dieser Sache herauskommt, die Länder *müssen* zusammenarbeiten, wenn irgendwer dieses Desaster überleben will. Und das heißt, ich bekomme in jedem Fall genau das, was ich will. Einen globalen Forscherdrang zur Rettung der Erde. Der Fond wäre nur ein netter Bonus geworden. *Ihr* hattet niemals eine Chance.«

Sams Fuß traf Weiß' Kinn mit einem widerlichen Knacken. Falls der Kiefer vorher noch nicht gebrochen war, dann war er es jetzt.

Weiß sackte schlaff zur Erde.

»Hier.« Ben warf Sam sein Handy zu. »Den netten Kinnhaken darfst du der Polizei und dem Geheimdienst erklären. Die Nummer ist gespeichert. Wir brauchen sowieso ein zweites Auto.«

»In Nevada gibt's die Todesstrafe, oder?«, fragte Sam.

Seine freie Hand öffnete und schloss sich zu einer Faust.

Auch wenn Anja ihn mit einem Laserblick strafte, war ein kleiner Teil von ihr froh darüber, dass dieser Verrückte nicht weitersprechen konnte.

Was für eine wahnwitzige Idee. Das Leben von so vielen Menschen zu opfern, nur für die vage Chance, dass *vielleicht* eine Zusammenarbeit daraus resultierte.

Das war so abgedreht, dass Anja Kopfschmerzen bei dem Versuch bekam, es nachzuvollziehen. Sie konnte Sam nur zu gut verstehen: ultimative Frustration.

Ja, sie hatten ihn, Matthias Weiß, aufgehalten. Aber sein Plan war immer noch aktiv.

Er hatte trotzdem gewonnen.

Anja ging um das Auto herum und lehnte sich gegen die Motorhaube. Sie spürte die Hitze des Metalls durch ihre Jeans. Der Himmel über ihnen war wieder glasblau und die Sonnenstrahlen trockneten den Sand. Bald würde nichts mehr daran erinnern, was gerade hier geschehen war, nur das Grüppchen Menschen, das mitten im Nirgendwo saß und auf das Ende der Welt wartete.

»Wir haben noch *eine* Chance«, sagte Ben.

»Du meinst der Nuklearschlag, der im besten Fall Krümel aus dem Asteroiden macht?«

Er nickte. »Genau das.«

»Und wenn es *nicht* funktioniert?«

Ben schwieg lange und blickte zum Horizont. »Dann machen wir das Beste aus der Situation.«

Anja ballte die Hände zu Fäusten. »Nein.«

Er sah sie an. »Nein?«

»Ich werde nicht aufgeben. Noch nicht. Es *muss* eine Möglichkeit geben. Es *muss* einfach. Wenn uns jetzt noch nichts einfällt, dann vielleicht nur, weil wir noch nicht die richtigen Mittel gefunden haben. Mit dem Wetter kann man den Asteroiden vielleicht nicht aufhalten. Aber was, wenn es noch eine andere Fähigkeit da draußen gibt, eine, die wir noch nicht kennen? Irgendjemanden, der ihn aufhalten kann und es vielleicht noch nicht einmal weiß?«

Ben grinste. »Du willst wieder ins Fernsehen?«

Sie boxte ihn gegen die Schulter. Aber es war ein gutes Gefühl, dass er sie neckte. Es brachte ein bisschen Normalität in dieses nervenzerfetzende Chaos.

Zehn Tage und dann …

Er schüttelte lächelnd den Kopf. »Anja Richter, du bist die bemerkenswerteste Frau, die ich kenne.« Er hob ihr Kinn und küsste sie.

***

Bauchweh, Zahnweh oder Müdigkeit. Claire hatte über eine Stunde geweint. Jetzt war sie endlich auf dem Bauch ihrer Mutter eingeschlafen. Die winzigen Augen geschlossen, der glänzende Erdbeermund leicht geöffnet, das Öhrchen an die Brust der Mutter geschmiegt und die kleinen Hände zu Fäustchen geballt.

Zärtlich betrachtete Anja das friedliche Bild und sie spürte Schmerzen, als würden Glasscherben ihr Herz zerschneiden, wenn sie an die Zukunft dachte. Daran, dass Claire vielleicht niemals erwachsen werden und einen blauen Himmel sehen würde.

Das gleiche galt im Übrigen auch für Peter, der sich vor einer ganzen Weile zu Sam ins Bett geschlichen hatte.

Anja war dankbar für den Zwischenstopp, aber er zerriss ihr auch die Brust und hinterließ tiefe, klaffende Wunden.

Sie ging nach draußen und zog sich die weiche Strickjacke, die Janice ihr geliehen hatte, fester um die Schultern.

Schweigend beobachtete sie, wie der Himmel von einem zarten Weißblau langsam in das perlenbesetzte Schwarz der Nacht überging.

Die Sonne küsste den Horizont mit einem blutigen Rostrot und setzte die Ränder einer einsamen Wolke in goldenen Brand.

Der Geruch von Gras lag in der Luft, Grillen zirpten und das Rauschen der Bäume füllte den Abend mit einem unendlichen Frieden.

Sie war so weit entfernt von aller Grausamkeit – und dem Ende.

Ein Schatten trat hinter sie. Anja spürte seine Wärme und seine Seele. Ohne Worte schmiegte sie sich an ihn und ließ sich von seinen Armen umfangen.

»Wir könnten auch hierbleiben«, sagte er unvermittelt. Seine Stimme wurde vom stillen Summen der Dunkelheit weit in die Finsternis getragen.

Anja antwortete nicht, sondern atmete tief die süße Nachtluft ein. Wenn erst der Mond aufging, dann wurden die Herzen der Menschen leicht und eine ganz besondere Magie ließ alles möglich erscheinen. Vielleicht konnten sie hier glücklich werden, trotz allem.

Aber sie wusste, das war nur ein Mondlichtversprechen. Sobald die Sonne am Morgen wieder ihre Glieder streckte, würde die Wahrheit nur allzu deutlich erscheinen. Und die Wirklichkeit würde ihr mit ihren scharfen Falten und herausgebrochenen Kanten fest in die Augen starren.

»Wir sind auf der anderen Seite der Erde«, flüsterte Ben. »Niemand zwingt uns, wir könnten einfach bleiben.«

»Nein.« Anja war selbst überrascht von der Festigkeit in ihrer Stimme. »Das würde sich anfühlen wie aufgeben. Wenn wir hierbleiben, dann heißt das, wir akzeptieren, dass wir verloren haben. Wir akzeptieren, dass der Asteroid einschlagen und viele Menschen an den Folgen sterben werden. Das kann ich nicht. Noch nicht. Nicht, solange wir nicht alle Möglichkeiten ausgeschöpft haben.«

Seine Arme schlangen sich noch fester um sie, sein Gesicht grub sich in ihr Haar. Und so leise, dass sie ihn fast nicht hören konnte, flüsterte er seine Antwort.

»Ich weiß.«

HOFFNUNG

Noch 8 Tage.

Eine unendliche Schwere lag auf der Welt.

Evakuierung, Plünderung, Panik. Die Menschen flüchteten und verstopften die Straßen, die Bahnhöfe und die Flughäfen. Oder sie resignierten und sammelten sich auf Plätzen, predigten oder plünderten.

Aber es hielt sich alles in Grenzen. Die Regierung hatte gut vorgesorgt. Es gab Evakuierungspläne, Bunker, Nahrungsvorräte.

Natürlich gab es auch genug Probleme.

Aber im Großen und Ganzen hatte Weiß sein Ziel tatsächlich erreicht. Man arbeitete zusammen.

Hauptsächlich wohl deshalb, weil eben nicht nur ein Teil der Erde betroffen war. Die Konsequenzen des Einschlags würden überall zu spüren sein. Flutwellen, Ascheregen, Eiszeit.

Ein gemeinsamer Feind, der die Menschen vereinte.

Jedes Mal, wenn Anja daran dachte, dass er recht gehabt hatte, zog sich ihre Brust zusammen. Das konnte nicht das Ende sein. Das durfte einfach nicht stimmen.

Ihr Video war um die Welt gegangen. Sie hatte Weiß' Plan offengelegt und einen Aufruf gestartet. Jeder Mensch mit besonderen Fähigkeiten sollte sich melden. Helfen, die Welt zu retten. Und diesmal kamen sie in Strömen.

Von Telekinese bis hin zu Gestaltwandlung war alles vertreten.

Aber nichts schien auch nur im Entferntesten mächtig genug, um das Ende der Welt aufzuhalten.

***

»Und es ist wirklich niemand dabei, der eine sinnvolle Fähigkeit hat?«, fragte Jessica.

Anja schüttelte den Kopf. »Zumindest niemand, der einen Asteroiden aufhalten könnte.«

»Ich dachte, einer könnte Telekinese«, sagte Karl und zupfte an seinem Bärtchen.

»Schon«, sagte Anja. »Aber das schwerste, was er heben kann, ist ein Küchenstuhl. Eben das, was sein normaler Körper auch bewältigen könnte. Er kriegt nicht mal Peter in die Luft.«

»Und was ist, wenn man sie mit der Super*kraft* kombiniert, die du von Weiß bekommen hast?«

Eine interessante Frage. Aber leider hatten sie auch das schon ausprobiert, vergebens. »Das hilft auch nicht. Die *Kraft* wirkt sich zwar auch auf die Telekinese aus, aber wenn er zu schwere Dinge hebt, dann brechen seine Knochen. Wir haben zwar noch die Unverwundbarkeit, aber die scheint sich auf die Haut zu beschränken. Und falls es jemanden mit unzerbrechlichen Knochen gibt, ist er zumindest noch nicht aufgetaucht. Das ist ja auch keine Fähigkeit, die dir einfach so auffällt.«

Karl ließ sich neben Jess aufs Bett fallen. Seine übliche Unbeschwertheit schien verflogen. Anja hatte lange keinen lässigen Kommentar mehr von ihm gehört.

Mitten in aller Panik und Angst machte sich tintenschwarze Hoffnungslosigkeit auf der Erde breit. Stille Verzweiflung. Wie Säure, heimlich ätzend. Langsam und kaum merklich fraß sie sich von unten in die Wurzeln, suchte sich heimlich ihren Weg in die Herzen der Menschen und löschte dort die letzten Funken Leben aus.

Noch bevor der letzte Versuch gestartet war, hatten die Menschen bereits aufgegeben.

Hoffnungslosigkeit ist die vorweggenommene Niederlage.

Der alte Spruch klang in ihrem Kopf. Wenn das stimmte, hatten sie bereits verloren.

Hilflosigkeit.

Wenn Menschen sich hilflos fühlen, dann werden sie verzweifelt. Und verzweifelte Menschen tun verzweifelte Dinge. Anja schluckte und dachte an die Zukunft. Was würde aus den Kindern werden, die ohne Hoffnung aufwuchsen? Was würde aus Claire?

»Wie konnte ich mich nur in ihn verlieben?«, fragte Jessica in den Raum.

Karl legte seinen Arm um sie und ein halbes Lächeln schlich sich in sein Gesicht. »Hey, woher hättest du wissen sollen, dass er ein weltenzerstörendes Monster ist?«

Und was in seiner Stimme klang, das konnte nur eines bedeuten.

Faszinierend.

Was die Liebe schaffte, wo keine Hoffnung mehr war.

»Was passiert jetzt?«, fragte Jessica. Dabei kannte sie die Antwort so gut wie alle anderen im Raum.

Es wurde noch der Nuklearschlag gestartet und danach hatte die Welt nicht ganz zwei Tage, um sich auf das Ende vorzubereiten.

Denn niemand glaubte ernsthaft, dass der letzte Schlag erfolgreich sein würde. Nicht nach allem, was bereits schiefgegangen war.

Eine Idee schimmerte am äußersten Rand ihrer Wahrnehmung. Ein winziger Funke, so klein und wahnsinnig, dass er niemals funktionieren konnte und sie ihn schnell in den tiefsten Abgründen ihrer Seele verbarg.

***

Anja lag auf Bens Brust und lauschte seinem Herzschlag.

Liebe.

Sie dachte an Jack, der es sich bestimmt in seinem Körbchen im Wohnzimmer gemütlich gemacht hatte. Denn er war zusammen mit Anja eingezogen. Trotz der Haare.

Die Idee, die gestern nur als winziger Funke in ihr begonnen hatte, brannte mittlerweile als kleine Flamme. Aber sie war viel zu verrückt, um sich wirklich zu etwas Greifbarem zu formen.

Sie drückte ihre Nase in Bens Schulter und atmete seinen Duft ein. »Ich liebe dich«, flüsterte sie. »Weißt du das?«

Ben küsste ihre Haare. »Ich liebe dich auch.«

»Ich habe noch nicht aufgegeben, weißt du?«

»Natürlich nicht.« Aber es klang nach einer Floskel.

»Ich meine das ernst.«

Aber sie war sich selbst noch nicht ganz sicher, was das heißen sollte. Die Gedanken sprangen noch völlig ungeordnet durch ihren Kopf. Aber sie ahnte bereits, dass sie einen tieferen Sinn hatten. Ein Muster, das sich ihr noch nicht ganz offenbart hatte, weil sie bereits wusste, was das für Konsequenzen haben würde.

»Ich habe noch Hoffnung – weil ich dich liebe.«

Sie versuchte das kleine Irrlicht zu fassen zu bekommen. *Liebe und Hoffnung.*

Eine Erkenntnis summte dicht unter ihrer Haut.

»Wir hoffen doch alle.« Aber seine Stimme klang nicht danach. Er wirkte kühl und fern. Immer, wenn es um *danach* ging. Als läge die Zukunft der ganzen Welt in seinen Händen und er hätte sie fallen gelassen. Als wäre sie bereits zersprungen wie ein achtlos zerbrochenes Glas.

»Ich habe mit Jessica gesprochen«, sagte Anja. Und näherte sich von der anderen Seite ganz vorsichtig einer Wahrheit, die ihr sofort wieder zu entschlüpfen drohte.

Er zeichnete gedankenverloren Muster auf ihre Arme. »Und?« Ben schien erleichtert, dass sie das Thema gewechselt hatte.

»Sie gibt sich die Schuld am Ende der Welt.«

Bens Finger stoppten und er schnaubte. »Es gibt nur einen, der wirklich schuld daran ist.«

Anja wusste, dass er gleich von Weiß sprechen würde, auch wenn er insgeheim sich selbst meinte. Aber der Punkt, den sie machen wollte, war ein ganz anderer.

»Nein. Es ist nicht nur einer schuld«, sagte Anja bestimmt.

Ben hob ihr Kinn, um sie verwundert anzusehen. »Meinst du das ernst?«

»Ja.« Sie schluckte. »Ja, wir werden alle schuld daran sein.«

»Aber das ist doch Unsinn. Weiß hat …«

Sie legte die Finger auf seine Lippen. »Natürlich nicht wirklich. Natürlich hat *er* den Asteroiden umgelenkt. Aber das ist völlig irrelevant. Wir werden uns alle die Schuld geben. So wie Jessica. So wie du.« Sie sah ihn fest an und er widersprach nicht. Wie könnte er auch? Der Selbstvorwurf stand schon lange ständig in sein Gesicht geschrieben, eingemeißelt in die Falte zwischen seinen Augen und dem ernsten Zug um seinen Mund.

»Wir werden *alle* denken, dass wir irgendetwas hätten tun müssen.« Sie schluckte, als ihr klar wurde, was sie ihm gleich vorschlagen würde. »Wenn wir etwas getan haben, wird die Zukunft erträglich, auch wenn wir *trotzdem* mit einer Eiszeit leben müssen. Verstehst du?«

»Was hast du vor? Du hast doch einen Plan!«

Genau in diesem Augenblick war Anjas Zukunft besiegelt.

Er würde versuchen, sie davon abzubringen. Er würde alles tun, um es ihr auszureden.

Aber sie würde es sich nicht ausreden lassen. Um nichts in der Welt. Für die Welt. Für Claire.

Sie hätte nie gedacht, dass sie bereit wäre, so weit zu gehen. Aber sie würde es sich selbst niemals verzeihen, wenn sie es nicht wenigstens versuchte.

»Aber wenn es funktionieren soll, dann musst du mir helfen. Wir müssen vorbereitet sein.«

TESTS

Noch 7 Tage.

Das geheime Testgelände befand sich auf einer riesigen Lichtung mitten im Wald. Es roch nach würzigem Harz und frischem Grün. Vögel zwitscherten, ein Specht klopfte und der Wind rauschte in den Baumwipfeln. Der Platz war bewachsen mit buschigem, vertrocknetem Gras und Anja stand in der Mitte. Ihr Herz pochte wie wild, während sie in den Lauf der Schießanlage blickte.

»Bereit?«, rief Ben.

»Ich weiß nicht …«

»Du willst einen Asteroiden aufhalten und hast Angst vor ein paar Kugeln?«, fragte er herausfordernd. Dann wurde seine Stimme wieder sanft. »Natürlich zielen wir *neben* deinen Körper.«

Anja ballte die Hände zu Fäusten und nickte entschlossen, erzeugte einen Schild und wappnete sich für den Einschlag.

Die erste Kugel streifte den Schild nur am äußersten Rand und prallte mit einem blauen Glühen ab.

Die zweite schlug schon etwas näher an ihrem Körper ein und erzeugte einen Funkenregen, der sich in einem Blitzmuster über die Schildsphäre ausbreitete.

Die Treffer wurden immer genauer, die Projektile größer und schneller. Sie hatten nicht viel Zeit für ihre Untersuchungen. Aber sie gaben sich alle Mühe.

Ben hatte ein ganzes Arsenal unterschiedlicher Waffen auffahren lassen. Sie maßen Geschwindigkeiten, Ablenkwinkel und beobachteten genau Anjas Körperwerte.

Dann kam der eigentlich interessante Schritt. Anja hüllte Ben in seine eigene Sphäre und sie traten dicht genug zusammen, damit die beiden sich zu einem Schild verbanden. Jetzt wurde ausprobiert, was der neue Schild aushalten konnte.

Die Ergebnisse waren überraschend gut. Denn wie Sam damals schon richtig festgestellt hatte, war die resultierende Schildoberfläche *mehr* als doppelt so groß, wie sie hätte sein sollen. Und dasselbe galt auch für die Kraft, die der größere Schild absorbieren konnte.

Für Peter hätte Anja das so erklärt: Mein Schild hält eine Murmel auf und Bens Schild alleine auch. Gemeinsam halten wir aber gegen eine Kanonenkugel stand.

Natürlich stimmten die Proportionen nicht ganz, aber das Beispiel brachte es auf den Punkt.

Wie es wirklich aussah, musste sie dringend noch einmal genau ausrechnen.

Allerdings hatten ihre Versuche auch Nebenwirkungen. Wie immer. Anjas Finger fühlten sich nach einer Weile an, als seien sie eingeschlafen und am Ende des Tages hatte sich das subtile Taubheitsgefühl sogar bis zu den Handflächen ausgebreitet.

Ben legte ihre Hände in seine und die Wärme kehrte in ihre Finger zurück.

Aber es machte ihr auch Angst. Denn diese Sphäre war winzig im Vergleich zu dem, was sie am Ende erreichen wollte.

»Mir reicht das nicht, Anja. Wir müssen es *richtig* testen.«

»Mit der ganzen Welt?«, fragte sie. »Ben, dafür reicht die Zeit nicht. Und wenn ich recht habe … dann haben wir nur einen Versuch.« Sie sah auf ihre Finger. Dann würde es sie umbringen, aber das wollte sie nicht aussprechen. »Außerdem haben wir jetzt jede Menge Daten, ich mache ein paar Abschätzungen. Aber … es *muss* beim ersten Versuch klappen.«

»Ich will nicht, dass du stirbst. Ich habe dich doch gerade erst gefunden, ich kann dich nicht gleich schon wieder verlieren. Bitte.« Er zog sie so fest an sich, dass es wehtat. »Komm, lass uns auf die andere Seite der Erde fliehen. Da steht ein Bunker frei. Selbst dann sind unsere Chancen winzig, aber besser als … so.«

Anja küsste ihn zärtlich auf die Lippen und wartete, bis er die Umklammerung ein wenig löste. »Das meinst du nicht ernst«, flüsterte sie.

»Nein«, ungeweinte Tränen klangen in seiner Stimme. »Aber ich will dich nicht verlieren.«

»Ich dich auch nicht.« Sie war kaum noch zu hören. »Aber das ist der einzige Weg, um ihnen Hoffnung zu geben, in der Finsternis – danach.«

***

Ben stand am Fußende des Bettes und betrachtete die schlafende Frau, die in seinen Kissen lag.

Ehrlich, freundlich, mutig. Und ein klein bisschen durchgeknallt. Er musste lächeln.

Und dann schlug die Realität wieder über ihm zusammen wie eine Woge aus schwarzem Teer. Schwarz und schwer.

Wenn sie Erfolg hatte, wenn ihr wahnwitziger Plan tatsächlich klappte, dann würde sie höchstwahrscheinlich sterben. Aber das wusste sie.

Anja hatte es sich ausgerechnet, der ganze Fußboden war übersät mit Blättern, vollgekritzelt mit Abschätzungen über Abschätzungen und Fehlerbalken so hoch wie der Mount Everest.

Die Chance auf Erfolg war verschwindend gering und trotzdem wollte sie ihr Leben dafür riskieren, für die winzige Chance, der Welt das Gefühl zu geben, nicht tatenlos daneben gestanden zu haben.

Sie war verrückt.

Und dafür liebte er sie umso mehr.

Aber er musste sie retten. Irgendwie.

Auch *er* wollte wenigstens das Gefühl haben, alles getan zu haben.

Taubheit in der Haut, so hatte sie die Nebenwirkungen beschrieben. Wie eingeschlafene Füße. Das bedeutete wahrscheinlich eine Störung in den Nervenbahnen. Das war eine Krankheit und das konnte er heilen. Und der Preis … war wohl offensichtlich.

Natürlich würde er nicht kampflos aufgeben.

Immerhin hatte er sogar Unterstützung von ganz unerwarteter Seite bekommen.

Aber das versprach noch lange keinen Erfolg.

Er begann die Zettel aufzuheben und aufeinanderzustapeln. Ordnung ins Chaos bringen – das beruhigte ihn immer.

Das musste gut vorbereitet sein und selbst dann wusste er, was es für ihn selbst bedeuten würde.

Aber er musste es versuchen. Sonst würde sein Herz zerbrechen, gleich hier auf der Stelle. Und niemand würde es je wieder zusammensetzen können.

***

Balduin hatte viel gesehen in seinem noch gar nicht allzu langen Leben. Er hatte seine Seelenverwandte gefunden und ihren Verstand an die Heilfähigkeit verloren, genau wie ihr Leben. Er hatte einen Sohn bekommen, der nicht sein Fleisch und Blut war, aber den er mehr liebte, als er jemals ausdrücken konnte.

Und offensichtlich würde er auch zu der Generation gehören, die am Ende der Welt zugegen waren – und dabei krepieren.

»Was hältst du von ihrem Plan?«, fragte Sam.

Balduin löste sich aus seinen Gedanken. »Es könnte tatsächlich funktionieren.«

»Das glaubst du doch nicht im Ernst.« Ungeduldig fuhr Sam sich durchs Haar.

»Es ist völlig egal, was ich meine. Wichtig ist nur, was die Menschen *glauben*.«

»Ist doch scheißegal, was sie glauben, wenn sie nachher von einem Asteroiden zerquetscht werden.«

»Ist es nicht. Glaube kann Berge versetzen.«

»Es gibt keine Wunder. Der Spruch ist doch schon so alt wie die Welt.«

»Und was denkst du, warum das so ist?«

»Weil's gut klingt?«

»Die größten Wahrheiten des Lebens sind so einfach. Wenn sie glaubt, dass sie es schaffen kann, dann wird sie es auch schaffen.«

»Warum? Weil es da draußen einen Gott gibt, der auf uns aufpasst?«

»Oder eine Göttin. Wer weiß.«

»Ist doch alles gequirlte Scheiße. Ich kann noch so sehr glauben, dass ich bald in den Sonnenaufgang renne. Solange ich nach Westen laufe, hab ich einfach keine Chance.«

»Das stimmt. Aber das heißt nicht, dass es keinen Sonnenaufgang gibt, sondern nur, dass du in die falsche Richtung gehst. Du musst nur die Laufrichtung ändern …«

»Sagte die Katze zur Maus und fraß sie.«

»Eben.«

»Und was will uns der Dichter damit sagen?«

»Dass es auf dein Denken ankommt und nicht auf die Umstände.«

»Wir denken uns den Asteroiden also einfach weg?«

»Nein, wir denken um. Das Leben geht immer irgendwie weiter, es sucht sich einen alten Weg oder macht sich eben einen neuen.«

Ein Wimmern kam von der Türe.

»Hey, was ist lo…?« Balduin stockte. Peter stand in der Tür, seine Füße waren halb in den Boden gesunken. Sein Gewicht hatte den Beton zertrümmert und offensichtlich traute er sich keinen weiteren Schritt vorwärts.

»Und?«, fragte Balduin. »Willst du deine Fähigkeit *jetzt* loswerden?«

Peter nickte mit einem ängstlichen Gesichtsausdruck und Balduin zog eine kleine, metallisch glänzende Kugel aus seiner Tasche. »Ich sagte doch, die Dinger machen nur Ärger. Wir sollten sie loswerden. Endgültig loswerden. Alle. Wenn wir das hier überleben, müssen wir wohl ein Wörtchen mit den ganzen Trägern wechseln. So kann es nicht weitergehen. Diese Dinger sind einfach viel zu gefährlich.«

Er drückte dem Jungen das Silber in die Hand und erklärte ihm den Ablauf.

Peter schloss die Augen und im nächsten Moment stolperte er einen Schritt vorwärts, so als wäre er plötzlich ganz leicht geworden und kurz abgehoben. Sam fing ihn auf. »Immer sachte.«

Balduin erkannte das Lächeln auf Sams Gesicht als das, was es war. Und wären die Zeiten anders, würde er jetzt schon Pläne für die Zukunft schmieden. Das war das Erste, was er damals mit Jamie getan hatte, als sie Sam aufgenommen hatten. Sie waren losgezogen und hatten eine Wohnung gesucht. *Schließlich braucht der Junge doch ein eigenes Zimmer,* hatte sein Engel gesagt.

Er versuchte, die trüben Gedanken zu verscheuchen – alle – aber es gelang ihm nicht.

Sam hatte schon recht, wahrscheinlich gab es keine Wunder. Nur kalte Realität und eine Zukunft, durch die man sich durchbeißen musste.

»Danke«, flüsterte Peter und reichte ihm die Murmel.

Balduin klappte der Mund auf.

»Du sprichst ja doch.«

Peter blickte verschämt zur Erde, aber Balduin packte ihn am Arm und zog den Jungen an die Brust.

Vielleicht – vielleicht ja doch.

WARTEN

Noch 2 Tage.

Karl hatte in der großen Arena eine Leinwand aufgebaut und Sam hatte Popcorn vorbereitet. Ein wenig makaber, aber gleichzeitig entspannte es die Situation ein bisschen.

Das Video für den Ernstfall war bereits aufgezeichnet, mit Voiceover und Untertiteln in mehreren Sprachen. Und Anja war so nervös, dass ihr Magen auf die Größe einer Erbse zusammengeschrumpft war.

Ben saß links von ihr. Karl ließ sich gerade neben Jessica plumpsen, reichte das Popcorn weiter und legte dabei wie zufällig seinen Arm um ihre Schultern.

Er hätte nur noch dabei gähnen müssen.

Plötzlich kam Peter in den Raum gerannt, förmlich geflogen.

Seit er seine Fähigkeit abgegeben hatte, lachte er viel öfter und schien trotz der Umstände glücklich zu sein.

Dabei wusste Anja, dass er es verstand. Nach allem, was er durchgemacht hatte, musste er es verstehen. Er hockte sich neben Sam und griff in die Popcorntüte, der strich ihm über den ersten, stoppeligen Haaransatz.

Die Atmosphäre war kaum zu erfassen. Eine Mischung aus Verweigerung, Angst, Hoffnung und Verzweiflung.

Auf der gesamten Erde gab es in diesem Augenblick wohl keinen Fernseher, der nicht eingeschaltet war. Alle

Welt hielt buchstäblich den Atem an, als die Soteira-Raketen sich ihrem Ziel näherten.

Es gab einen Countdown.

Alt und Jung hingen mit den Blicken an den Ziffern, die auf 0 runtergezählt wurden. Sie warteten mit jedem Ticken gespannter auf die Sekunde Null. Die letzte Wahrheit. Die Entscheidung, ob sich das Jüngste Gericht doch noch einmal vertagte oder ob es kein Morgen mehr geben würde.

Ben und Anja drückten gleichzeitig und immer fester ihre Hände.

5.

4.

3.

2.

1.

Eine stumme Explosion zerriss die Nacht auf dem Bildschirm.

Immer noch wagte keine Menschenseele zu atmen.

Was hatten sie gesehen?

Hatte es funktioniert?

War das ihr Ende oder eine zweite Chance?

Es dauerte endlos, bis ein Sprecher eingeblendet wurde. »Die Rakete ist wie geplant auf dem Asteroiden eingeschlagen …« Er machte eine nervenzerreißende Pause, griff sich an sein Ohr, als würde er lauschen. »Ein Teil des Gesteins wurde abgespalten, aber …«

Anja hörte es in der Stille, in der Pause zwischen den Worten.

Es hatte nicht gereicht.

Eine *Abspaltung* hatte stattgefunden, aber der größte Teil des Asteroiden war noch an einem Stück und nahm weiterhin Kurs auf die Erde.

***

Ihr Video folgte nur wenige Minuten nach der markerschütternden Nachricht. So war es geplant. Verzweiflung sollte keine Chance haben sich auszubreiten. Die Menschheit brauchte Hoffnung, jetzt sofort.

»Ich weiß, die Zeiten sind finster«, klang Anjas Stimme über das Internet. »Ich weiß, der Schmerz sitzt tief.« Sie trug ihren Catwomananzug und sah voller Entschlossenheit in die Kamera. »Aber es gibt immer noch Hoffnung. Ihr habt gesehen, was ich tun kann.« Sie hob ihre Hand und ließ ihn bis zum Ellbogen verschwinden. »Ihr habt gesehen, wozu Menschen in der Lage sind. Und auch wenn unsere Chancen nicht groß sind, so werden wir es doch versuchen. Ihr habt gesehen, dass ich ein ganzes Gebäude verschwinden lassen kann. Ihr habt gesehen, dass es Menschen gibt, die sogar das Wetter beeinflussen können. Was ich euch jetzt zeige, ist eine andere Fähigkeit.« Sie ließ an ihren Fingerspitzen in schillerndem Weißblau einen Teilschild aufflackern. Dann wölbte sich das übliche Glühen um ihren Körper. »Das ist ein Schild. Eine unsichtbare Wand aus Energie. Doch im Moment ist sie winzig, sie beschützt nur mich.« Bei den Aufnahmen hatten sie darauf geachtet, dass Ben hinter ihr im Bild zu sehen war. »Aber ich kann sie ausdehnen auf die Menschen, die ich liebe, um auch sie zu beschützen.« Nun wurde Ben ebenfalls von einer blassblauen Sphäre eingehüllt. »Und dort endet der Kreis nicht. Genau in diesem Augenblick gibt es eine Familie in Vermont, die ebenfalls von diesem Schild eingehüllt wird. Seine Familie.« Sie deutete kurz auf Ben. »Die Menschen, die *er* liebt. Und die Kette setzt sich fort.« Hoffte sie von Herzen. Das war der Knackpunkt, aber es gab keinen Grund, warum es nicht so sein sollte. Bei den Fähigkeiten ging es um Berührung, um Verbindung – um Liebe. »Und das bedeutet, wir haben eine Chance.« Sie machte eine Pause, um ihnen Luft zu geben, die Reichweite von Anjas Fähigkeit im vollen Ausmaß zu begreifen. »Hiermit rufe ich euch auf, in der Stunde, wenn der Asteroid auf die Erde treffen soll, euch nicht in euren Wohnungen einzuschließen, verkriecht euch nicht in irgendwelchen

Bunkern. Ich bitte euch, egal wo ihr euch befindet, geht auf die Straße, geht ans Licht, seht in den Himmel und denkt an all die Menschen, die ihr liebt. Und sobald das Licht des Asteroiden den Himmel erleuchtet, werde ich den Schild starten. Dann wandert mein Licht von mir zu ihm, zu dir, zu euch, zu jedem, der bereit ist, sich schützend vor die Zukunft zu stellen. Dann umspannt mein Schild die ganze Welt. Dann brauchen wir keine Raketen, dann retten *wir* die Erde, alle Menschen dieser Welt, mit unserer Liebe zueinander.« Ihre Stimme zitterte und sie schluckte. »Natürlich haben wir es getestet, gemessen, Abschätzungen gemacht und es *sollte* reichen. Aber ich kann nicht versprechen, dass es funktioniert. Ich kann nur hoffen, dass meine Fähigkeit ausreicht. Ich weiß, dass es gefährlich ist, aber wir haben nichts zu verlieren, aber alles zu gewinnen.« Sie machte eine kurze Pause. »*Falls* wir scheitern, habe *ich* versagt. Aber wenn es funktioniert, dann retten wir alle gemeinsam unseren Planeten.« *Mit unserer Liebe füreinander – und das muss doch irgendetwas bedeuten.* »Wenn der Himmel brennt, schließt euch nicht ein. Fasst euch ein Herz, tretet ans Licht und rettet mit mir die Welt.«

Sie hatte noch so viel mehr sagen wollen. Aber an dieser Stelle brach das Video ab, denn sonst wäre sie in Tränen ausgebrochen. Stattdessen hatte Karl den Zeitpunkt des Einschlags eingeblendet zusammen mit dem Aufruf: »Denk an alle, die du liebst.«

Es musste funktionieren. Es *musste* einfach.

ENTSCHLUSS

Noch 1 Tag.

Der Aufruf hatte einen gigantischen Erdrutsch losgetreten, der seine Spuren durch das Internet zog. Die wildesten Spekulationen tauchten auf, nur um von noch wilderen Theorien übertroffen zu werden. Und ein gigantischer Streit entbrannte, ob der Versuch erfolgreich sein könnte.

Nur in einer Sache waren sich alle einig:

Wir werden es niemals wissen, wenn wir es nicht probieren.

Und eine zweite Wahrheit klang, etwas subtiler, in all den Forenbeiträgen und Videokommentaren mit:

Wir haben nichts zu verlieren.

Allerdings waren sich dabei nicht alle so sicher.

Denn da gab es einen berechtigten Einwand. Wenn Anja tatsächlich einen Schild um die gesamte Erde legen wollte oder zumindest doch um die Seite, auf die der Asteroid einschlagen würde, brauchte sie dann nicht auch Menschen an genau der Stelle, die getroffen werden würde?

Die Antwort auf diese Frage lautete: ja.

Anja hatte viel darüber nachgedacht und kannte deshalb die Antwort, die sie darauf geben wollte.

»Ja. Viele fragen sich, ob ich Unterstützung brauche und die Antwort lautet: ja. Wenn du dich berufen fühlst zu helfen, wenn du dir des Risikos bewusst bist und du dich trotzdem dem Asteroiden stellen willst, dann weißt du, wo du mich finden wirst. Wo du alle finden wirst, die sich entschlossen haben, sich dem Asteroiden entgegenzustellen. Unsere Chancen sind nicht groß. Aber wir können jede Hilfe brauchen. Wenn du nicht evakuiert werden kannst oder wenn du in jedem Fall bleiben möchtest, dann schließ dich uns an. *Wir* sind die letzte Front zwischen der Menschheit und dem Weltuntergang.«

Anjas Mund war ganz trocken, als Karl die Aufnahme beendete und ihr zunickte. Erfolglos versuchte sie, ihre Lippen zu befeuchten.

Ben trat neben sie. »Ich werde auch bei dir bleiben.«

Panik schäumte in ihrem Innern hoch und brauste in ihren Ohren. »Nein!« Sie riss die Augen auf. »Der Schild funktioniert doch auch auf der anderen Seite der Erde«, plapperte sie. »Ich würde mich *viel* besser fühlen, wenn ich dich in Sicherheit wüsste. Ich …«

»Nein.«

»Aber ich …«

»Nein. Ich werde an deiner Seite stehen. Du sprichst davon, dass die Menschen Hoffnung brauchen, dass sie das Gefühl haben müssen, *alles* getan zu haben, was in ihrer Macht steht. Wenn ich am anderen Ende der Welt sitze und die Daumen drücke, werde ich keinen einzigen glücklichen Tag mehr erleben. Ohne dich kann ich nicht mehr glücklich sein.«

Anjas Herz platzte wie eine Christbaumkugel in der Hand eines Riesen.

Sie konnte ihn verstehen.

Anja konnte ihn so unglaublich gut verstehen.

Wenn es nicht klappte, dann würde sie sterben und er würde bei ihr sein und das war in Ordnung. Das war nicht das Problem.

Aber wenn sie Erfolg hatte, wenn sie es entgegen aller Wahrscheinlichkeit tatsächlich schaffen sollte, den Asteroiden abzuwehren, dann würde sie höchstwahrscheinlich sterben und es war gar keine Frage, was Ben dann tun würde. Er würde sie retten und dabei sterben und das könnte sie nicht ertragen. Niemals ertragen.

»Bitte«, flüsterte sie.

»Wie kannst du von anderen etwas verlangen, was du selbst nicht bereit bist zu geben?«

»Ich gebe doch schon alles. Ich gebe mein Leben – bitte, nicht *dich*.«

»Aber auch all die anderen, die sich an deine Seite stellen, haben Familie. Diejenigen, die in der Stunde der Wahrheit neben dir stehen, das sind nicht die wahren Helden. Diejenigen, die zurückbleiben und ihre geliebten Menschen gehen lassen, das sind die wirklich Mutigen. Das sind diejenigen, die weiterleben müssen, die den Kampf gegen die Zukunft aufnehmen und die Menschheit in eine neue Ära führen. Es ist einfach zu sterben, Anja. Zu leben ist hart.«

Ihr Herz wurde so schwer, dass nicht einmal der Asteroid es hätte aufwiegen können. Ein kleiner, fester Klumpen Schwarz, der sich in den unendlichen Tiefen des Universums verlor und keinen Halt mehr fand in der wirklichen Welt.

Eine Träne kullerte dick und rund über ihre Wange, fing sich an ihrer Lippe und schmeckte nach Salz.

»Ich liebe dich, Anja Richter. Wenn dieser Asteroid auf die Erde trifft, werde ich an deiner Seite stehen und dich anfeuern. Und es gibt nichts und niemanden, der mich davon abhalten kann.«

Und obwohl sie ihn dafür hasste, obwohl sie alles gegeben hätte, um ihn von sich fernzuhalten, waren es genau diese Worte, die ihn für immer an sie banden. Er gehörte ihr. Und sie gehörte ihm. Zwei Teile eines Ganzen.

Sie fiel ihm schluchzend um den Hals und versank in seinem Duft aus Holz und Erde und … Ben. Und betete zu allen Göttern, dass sie ihn nie, nie wieder loslassen müsste.

Dass es ein glückliches Ende gab, für sie, für ihn, für die Welt.

***

Jessica blickte aus dem Fenster der kleinen Studentenwohnung und starrte auf die Straße. Gegenüber verkündete irgendwer mit einem riesigen Pappschild das Jüngste Gericht.

Warum ist er dann noch hier?

Weshalb saß er dann nicht in einem Flugzeug in Richtung Übersee?

»Ich werde hierbleiben«, wiederholte sie ihre letzten Worte, weil Karl sich noch immer nicht geäußert hatte.

Er schluckte. »Ich weiß.«

Sie drehte sich zu ihm um. »Willst du dazu gar nichts sagen?«

»Ich … ich wollte etwas sagen. Aber du hast mir die Show gestohlen.«

Jessica zog die Stirn kraus. »Was soll das bitte heißen.«

»Könnten wir mal kurz zurückspulen und von vorne anfangen?«

»Was meinst du?«

»Na ja, tun wir nochmal so, als wärst du gerade aus der Dusche gekommen und du lässt nicht sofort die Bombe platzen. Hier, geh noch mal da rein«, er packte sie an den Schultern und schob sie in den kleinen Vorraum mit dem Waschbecken. »So, mach die Tür auf«, er drückte die Klinke und schloss die Tür gleich wieder. »Zack, so, du bist gerade von der Dusche gekommen, hier.« Er drückte ihr das Shampoo in die Hand. »Und wenn ich mich gleich rüber zum Bett verzogen habe, stellst du das Shampoo ab, so wie eben, und dann kommst du rein, so wie eben. Aber diesmal darf *ich* zuerst was sagen.«

Jessica starrte ihn an. »Sag mal, hast du irgendwas Komisches geraucht?«

»Verstanden?«, fragte er einfach.

Sie rollte mit den Augen. »Ja.«

»Verdreh nicht die Augen. Komm schon. Ein bisschen mehr Spirit.«

Jessica schüttelte den Kopf.

Karl machte die drei Schritte, die er von der Waschnische bis zum Bett brauchte. »Berei-heit«, rief er.

Jessica verdrehte noch einmal die Augen.

»Hey, ich sagte, nicht mit den Augen rollen.«

»Du kannst mich doch gar nicht sehen.«

»Ich kann das sogar hören. Los jetzt, Shampoo abstellen und Action.«

Jess konnte nicht anders, sie musste grinsen. Was hatte dieser verrückte Kerl nur jetzt schon wieder vor?

Sie stellte geräuschvoll das Shampoo ab und folgte Karl in den Wohnbereich des winzigen Zimmers.

Er stand da und wippte auf den Zehenspitzen. Lang und schlaksig wie er war, wirkte dieses Schulmädchenverhalten ziemlich fehl am Platz. Er räusperte sich und hatte offensichtlich Mühe, stillzuhalten.

»Jessica Victoria Maria Breuer.« Er atmete tief ein.

Was zum Teufel war jetzt bitte los?

»Ich weiß, wir kennen uns noch nicht besonders lange und ich weiß, dass du für christliche Bräuche nicht allzu viel übrighast. Aber in Anbetracht der Tatsache, dass die Welt bald untergeht, habe ich mir gedacht …« er zog ein kleines schwarzes Kästchen hinter seinem Rücken hervor. »Möchtest du meine Frau werden?«

Jessica klappte der Mund auf und als ihr klar wurde, was er sie da gerade gefragt hatte, verirrte sich ein riesiger Schwarm aus winzigen, goldenen Schmetterlingen in ihre Magengrube und küsste mit zitternden Flügeln ihr Herz. Sie fiel ihm um den Hals. Nie hätte sie geglaubt, dass sie ein Antrag so berühren könnte. Dass sie überhaupt jemals heiraten würde. Geschweige denn einen Heavy-Metal-T-Shirt tragenden Flechtbartbesitzer wie Karl.

Erst als der anfängliche Übermut langsam verebbte, wurde ihr vollständig bewusst, was er gesagt hatte. Sie ließ von ihm ab und sah ihm fest in die Augen. »Du willst mich nur heiraten, weil die Welt bald untergeht?«

»Na ja, wenn die Welt nicht bald untergehen würde, dann hätte ich mir vermutlich ein bisschen mehr Zeit gelassen. Für mich ist das eine ernste Sache, mit dem *bis dass der Tod uns scheidet*.«

»Also würdest du mich nicht heiraten, wenn du *nicht* bald sterben würdest?« Jessica verschränkte die Arme vor der Brust und ihr linker Fuß begann ungeduldig zu tippen. Das war ja wohl die Höhe.

»Nein, jetzt hör doch zu. Ich meine doch nur, dann hätte ich dich später gefragt, nachdem ich mehr Zeit gehabt hätte, um …«

»… um dich umzusehen, ob du nicht etwas Besseres findest.«

Die Schmetterlinge hatten sich in einen dicken, goldbraunen Klumpen verwandelt.

Sie hätte ihn ausreden lassen sollen, das wusste sie. Er meinte es nicht so, das war ihr völlig klar. Aber sie musste es von ihm selber hören.

»Um dir einen vernünftigen Ring zu kaufen, verdammt noch mal.« Er öffnete die Schachtel und darin lag ein winziger Ring aus Gänseblümchen.

»Gänseblümchen? Im Ernst?«

»Was? Hätte ich lieber den nächsten Kaugummiautomaten plündern sollen. Wie ausgelutscht ist das denn?«

»Der hätte dann wenigstens gehalten, von wegen für die Ewigkeit und so.«

»Dafür hab ich den hier selber gebastelt.« Karl schob die Unterlippe vor.

Der Klumpen in ihrer Brust löste sich langsam wieder auf und entfaltete seine Flügel.

Jessica versuchte, ihre Gedanken zu ordnen. Da stand er vor ihr. Groß und dunkel, mit seinem Iron Maiden T-Shirt und hielt ihr einen selbst gebastelten Ring aus Gänseblümchen unter die Nase.

Surreal.

Karl hatte gerade um ihre Hand angehalten.

Goldflügelschlag und tanzendes Singen.

Das ist echt.

Völlig egal, was das Leben noch für sie bereithielt, Weltuntergang oder Nirwana. *Das hier* war definitiv nicht zu toppen. Die winzigen Schmetterlinge nahmen Geschwindigkeit auf, drehten sich in übermütigen Wirbeln in ihrer Brust und ein Lächeln schlich sich auf ihre Züge. »Ja, ich will!«

Er fiel ihr um den Hals, hob sie von den Füßen und wirbelte sie einmal im Kreis herum. Dann setzte er sie ab und wollte seine Lippen auf ihre pressen, aber sie hielt ihn zurück.

»Was denn? Darf ich meine Braut nicht küssen?«, fragte er und grinste schief.

»Doch. Sofort. Aber eine Sache noch.«

»Und die wäre?«

»Wir heiraten erst, *nachdem* die Welt untergegangen ist.«

Er kniff die Augen zusammen. »Suchst du nach einem Fluchtweg? Ich sage dir, ich spiele Höhlenmännchen und schleife dich in den nächsten Bunker, wenn's sein muss.«

Sie schüttelte den Kopf. »Nein. Aber ich will eine fröhliche Hochzeit. Mit lachenden Gesichtern und Musik.«

»Und du denkst, wenn wir zwischen Leichenbergen hocken, lässt sich das besser arrangieren als jetzt?« Er klang mehr als skeptisch.

»Nein. Deshalb müssen wir ja die Welt retten. Deshalb bleibe ich hier, bei Anja.« Sie drückte seine Hand.

Karl sah sie lange an. Er musterte sie, schien abzuwägen, wie ernst sie es meinte, und begriff dann wohl die Schwere ihrer Entscheidung. Er strich über ihre Wange und sah ihr fest in die Augen. Seine Stimme war sanft. »Du weißt, wie man einen Kerl überredet. Aber nur unter einer Bedingung.«

»Die wäre?«

»Du trägst meinen Ring bis zum Ende der Welt.«

Er schob ihr den Gänseblümchenring über den Finger.

Jessica berührte die weißen Blütenblätter zärtlich und lächelte. »Bis ans Ende der Welt und noch viel weiter.«

VATER

Das Haus war voller Leben.

Anja konnte es nicht anders beschreiben. Als sie die Tür aufschloss und den Flur betrat, war es sofort offensichtlich. Ein leichtes Strahlen wohnte in den Wänden, ein leises Summen unter der Tapete, ein freundliches Lächeln glitzerte in dem frisch polierten Spiegel der Garderobe.

Erst jetzt fiel es ihr auf. Es war aufgeräumt, sauber und ordentlich. Aber das war nicht alles. Das Haus hatte seine Seele wiedergefunden. Es fühlte sich wieder wie ihr Zuhause an. Nicht wie Stein und Mörtel, sondern wie Heimat.

Woher kam dieses Gefühl? Diese Wärme?

Waren das noch Nachwirkungen der Wiedergeburt ihres Vaters?

Immerhin hatte er auch sonst sein Leben wieder ziemlich gut in den Griff bekommen.

War das seinem neuen Lebensmut zu verdanken?

Trotz des Endes der Welt und allem Drum und Dran?

Wieso gerade jetzt?

Eine Frau kam die Treppe herunter. Sie war etwa im Alter ihres Vaters, ihr Kleid war marineblau, mit großen weißen Punkten. Ihr blondes Haar war zu einem ordentlichen Dutt gebunden.

»Anja.« Die dunkle Stimme kam aus dem Wohnzimmer.

Sie fuhr herum und sah ihren Vater vor dem Sofa stehen.

»Ich habe gar nicht mit dir gerechnet.« Er machte eine unsichere Pause. »Wir wollten gerade gehen.«

Anjas Blick huschte zwischen ihm und der Frau hin und her.

»Das ist Elsi«, sagte er schließlich.

Sie streckte Anja die Hand entgegen. »Freut mich, dich endlich kennenzulernen.« Ihr Handschlag war fest und freundlich und Anja konnte nicht fassen, dass ihr Vater tatsächlich eine Frau gefunden hatte – so schnell.

»Ich werde draußen warten, ihr habt sicher viel zu erzählen.« Damit nickte Elsi ihrem Vater aufmunternd zu, nahm ihren dünnen blauen Mantel, die passende Handtasche und ging raus.

Anja war völlig sprachlos. Sie wusste nicht, wie sie mit der Situation umgehen sollte.

Ja, sie hatte selbst noch gedacht, dass ihr Vater vielleicht eine neue Frau bräuchte. Immerhin war der Tod ihre Mutter schon so lange her. Aber es fühlte sich auch falsch an, eine fremde Frau in diesem Haus zu wissen.

Und dann fiel ihr das Gefühl wieder ein, das sie beim Eintreten gehabt hatte.

Das war *sie*. Das war Elsi gewesen. *Sie* hatte dem Haus sein Leben wiedergegeben und wie es aussah, ihrem Vater sein Herz.

Anja schluckte.

»Das war …«, setzte ihr Vater an, wusste aber scheinbar nicht, wie er weitermachen sollte.

»Elsi«, beendete Anja seinen Satz. »Deine Freundin?« Dabei war es gar keine richtige Frage. Sie wollte ihm nur helfen, ins Gespräch zu finden.

Er nickte.

»Das freut mich für dich, Papa. Wirklich.«

Er ließ sich auf den Sessel fallen. »Ich kann nicht für immer traurig sein, Anja. Du hattest recht, als du damals, noch vor der Krankheit, mit mir geschimpft hast. Und ja, das war schimpfen wie mit einem Kleinkind. Aber du hattest so recht. Ich muss mein Leben wieder auf die Reihe kriegen. Auch, wenn es jetzt vielleicht schon zu spät ist.«

»Und sie macht dich glücklich?«

»Ich weiß, sie ist nicht deine Mutter. Aber ich kann nicht ewig um sie trauern. Mein Leben geht weiter. Was ist Trauer schon anderes als Selbstmitleid. Dem Toten bringt sie sicher nichts und den Lebenden nur Schmerz. Ich möchte lieber die guten Seiten deiner Mutter in Erinnerung behalten und das Leben genießen, solange ich noch etwas davon habe. Selbst unter normalen Umständen kann man nie wissen, wann es vorbei ist, … heute erst recht nicht.«

»Das habe ich nicht gefragt.« Anja sah ihn feste an. »Macht sie dich glücklich?«

Ihr Vater schaute zum Fenster, etwa in die Richtung, wo Elsi jetzt stehen musste. Er schwieg lange und schien ernsthaft über die Frage nachzudenken. Als seine Antwort kam, war sie kurz und bestimmt. »Ja.« Er blickte Anja fest in die Augen. »Sehr.«

Anja lächelte und nickte. »Das freut mich. Wirklich.«

»Aber deshalb bist du nicht hier«, stellte er fest.

»Nein.«

»Ich habe dein Video gesehen. Du willst die Welt retten. Ein sehr … ambitionierter Plan.«

Sie schnaubte mit einem Lächeln, aber wurde gleich wieder ernst. Kurz schloss sie die Augen und atmete einmal tief durch. Als sie die Lider wieder öffnete, war sie bereit. »Ich werde sterben.«

»Schon wieder?«

Anja hätte ihn am liebsten vors Schienbein getreten, weil er sie nicht für voll nahm. »Ich meine das ernst.«

»Ich weiß, Anja, das ist das Verrückte an der Sache. Aber das hast du schon einmal gesagt. Und dieser …

dein Ben, der kann dich doch heilen. Das hat er schon öfter getan, wenn ich mich richtig erinnere.«

»Diesmal nicht.«

Die Augen ihres Vaters wurden schmal. »Was soll das heißen? Wieso nicht?«

»Wenn es funktioniert, dann werde ich die gesamte Weltbevölkerung mit einem Schild umgeben. Weißt du, wie viele Menschen das sind?«

»Natürlich weiß ich, wie viele Menschen das sind. Hältst du mich für komplett bescheuert?«

»Nein, das war eine rhetorische Frage.«

»Rhetorisch hin oder her, was hat die Anzahl der Menschen damit zu tun?«

»Jede Fähigkeit hat ihren Preis. Bei der Unsichtbarkeit ist es eine Art von Strahlenerkrankung. Beim Schild bin ich mir nicht ganz sicher, vielleicht will ich es auch gar nicht so genau wissen. Aber ich weiß mit hundertprozentiger Sicherheit, dass die sechsmilliardenfachen Auswirkungen davon wesentlich zu viel sind, als dass ich mir einbilden könnte, das zu überleben. Und Ben … wenn ich ganz ehrlich bin, dann möchte ich am liebsten, dass er gar nicht erst versucht, mich zu retten. Denn ganz egal, wie sehr seine Fähigkeit mittlerweile gewachsen ist, auch ein noch so kleiner Bruchteil von Sechsmilliarden ist immer noch mehr, als ein Mensch alleine tragen kann. Nein, Papa, diesmal habe ich keine Chance, lebend aus der Sache herauszukommen.«

»Einfach so?«

»Wie bitte?«

»Du gibst einfach so auf?« Seine Stimmlage sackte eine halbe Oktave nach unten. »Wen habe ich da eigentlich großgezogen?« Mit jedem Wort wurde er lauter. »Das ist nicht meine Tochter, das kann nicht sein. Ich habe meine Tochter nicht dazu erzogen, aufzugeben. Meine Tochter sucht nach Lösungen. Meine Tochter ist vorbereitet. Sterben, so ein Blödsinn, so weit kommt es noch, dass du mir die Welt rettest und selbst daran zugrunde gehst. Du hörst sofort damit auf, jetzt und hier. Du schmeißt deinen Denkapparat an, auf den du so stolz bist und dann findest du eine Lösung. Aufgeben! Nicht, solange ich noch atme. Und wenn es keinen anderen Weg gibt, dann schleife ich dich in eins von diesen vermaledeiten Evakuierungsflugzeugen und sehe zu, dass du Platz in 'nem Bunker am anderen Ende der Welt bekommst. Ist das klar?« Sein Gesicht war knallrot und bei den letzten Worten hätte Anja schwören können, dass das Glas in der Haustür geklirrt hatte.

»Aber ich kann nicht, Papa.« Sie schluckte, als er wieder anfangen wollte zu schreien. »Mich zu verschanzen, *das* wäre aufgeben. Das wäre das Ende. Ich muss es wenigstens versuchen. Es geht immerhin um die ganze Welt.«

»Für mich geht es hier nur um einen einzigen Menschen und das bist du.«

Anja wäre fast der Unterkiefer in den Keller gekracht. *Niemals* hätte sie mit so einer Aussage von ihm gerechnet. Nie.

»Und das bedeutet, hier ist Ende der Diskussion. Du bewegst deinen Hintern zum nächsten Flughafen und siehst zu, dass du hier wegkommst, so lange du noch kannst.«

»Nein, Papa, ich …«

Und dann brach die Hölle los.

Anja kannte das Spiel.

Aber heute würde es anders ausgehen, diesmal wusste sie, was es bedeutete. Und es würde nicht reichen, es auf dem Weg nach draußen zu flüstern.

Sie machte ein paar lange Schritte, schlang die Arme um seinen Bauch, schmiegte ihren Kopf an seine bebende Brust und sagte mit fester Stimme. »Ich liebe dich auch, Papa.«

Es wurde still.

Lange stand sie einfach nur da und hielt ihn fest. Als sie gerade schon loslassen wollte, schlossen sich seine Arme um sie und sie spürte seinen Atem an ihrem Ohr.

Aber er sagte nichts.

Und das musste er auch nicht.

Diese simple Geste war mehr, als sie sich jemals erträumt hatte. Anja hatte seinen Zorn besiegt. Zum ersten Mal in ihrem Leben. Sie hoffte von Herzen, dass das ein gutes Omen war.

***

Als die Tür hinter ihr ins Schloss fiel, sah sie, wie Elsi mit einer Zigarette in der Hand neben der Tür stand. »Ist nicht so, als ob ich daran sterben würde.« Sie grinste und pustete den Rauch aus. »So ein Weltuntergang hat auch seine guten Seiten. Endlich ohne schlechtes Gewissen rauchen.« Sie lachte kurz und endete mit einem verschleimten Husten. »Vielleicht auch nicht.«

Anja betrachtete die Frau, die sich für ihren Vater entschieden hatte. »Er ist nicht gerade einfach«, sagte sie schließlich.

Elsi lachte. »Ich weiß, Mädchen, wir haben alle unser Päckchen zu tragen. Und dein Papa wird eben manchmal laut.« Sie zuckte mit den Schultern. »Das geht vorbei. Er hat ein gutes Herz, er versteckt es nur sehr gern. Das weißt du selbst, sonst wärst du nicht hier. Sonst hättest du ihn nicht so lange ertragen.«

Anja nickte. Sie konnte nicht sprechen. Sonst würden alle Dämme brechen.

Weil sie ihren Vater liebte.

Er sie liebte.

Weil er eine Frau gefunden hatte, die tatsächlich den Eindruck machte, als ob sie ein Leben mit ihm verbringen könnte. Und bald alles vorbei sein würde … könnte.

»Komm schon, Kopf hoch.« Elsi drückte die Zigarette mit ihrem Fuß aus und nahm Anja unvermittelt in die Arme.

»Es wird alles gut, Kindchen.«

Anja ließ sich fallen. In Elsis Arme und in die Erinnerung an die Arme ihrer Mutter, die sie festhielten und sie trösteten. Ihre Mutter, die ihr sagte, dass sie alles schaffen konnte, was sie sich vorgenommen hatte, dass alles gut werden würde, ganz bestimmt.

Das älteste Versprechen der Menschheit und das einzige, was sie jetzt gerade trösten konnte.

AUFPRALL

Noch 9 Stunden.

Anjas Herz brannte, als hätte man es in Säure eingelegt. Es kribbelte bis in ihren Hals hinauf, bis in ihren Magen hinunter und verwandelte ihre Knie in Gelee.

»Ich pack das nicht.«

»Natürlich schaffst du das.« Ben drückte sie an sich.

»Aber wie soll ich das schaffen? Ein verdammter Asteroid stürzt auf die Erde.«

Ben lachte. »Das fällt dir *jetzt* auf?«

Sie vergrub ihr Gesicht an seiner Brust. »Nein. Aber es wird jetzt erst wirklich real.« Sie schwieg für eine halbe Ewigkeit. »Wie soll ich das nur durchhalten?«

»Du bist nicht allein, Anja. Die ganze Welt ist bei dir. Ich bin bei dir.«

Er hatte recht. Und ganz egal, was als Nächstes geschah, sie würde das hier auf jeden Fall durchziehen, es gab keine andere Möglichkeit. Sie würde ganz sicher nicht die Welt im Stich lassen.

Aber sie brauchte irgendetwas, das sie von ihrer Angst ablenkte.

»Denk an all die Menschen, die du retten wirst. Denk an all die Kinder, denen du Hoffnung schenkst.«

Das war ein Anfang. Das war genau das, was sie am Ende tragen würde. Sie konnte es spüren. Aber was war *davor*?

»Ich brauche Musik«, sagte sie plötzlich und sah Ben fest in die Augen.

»Du willst einen Soundtrack für das Ende der Welt?«

Wenn er das so sagte, klang es völlig verrückt. Andererseits wollte sie sich hinstellen und einen sphärischen Schild rund um die Erde legen. Also, wenn das alleine nicht schon verrückt genug war. »Genau das. Einen Soundtrack.«

Aber welches Lied konnte dem Ende der Welt gerecht werden?

»Und was denkst du, würde da passen?«, fragte Ben.

»Queen«, ganz logisch, eine andere Antwort gab es nicht.

»*Who wants to live forever*?«, fragte Ben mit hochgezogenen Brauen.

»Passen würde es, aber ich will ja nicht mitten im kritischen Augenblick in Tränen ausbrechen. Nein, ich brauche irgendetwas, das mich anfeuert, das mir sagt, dass ich es schaffen kann und dass ich diesem verdammten Asteroiden gewaltig in den Ar… Entschuldigung, in den Hintern treten werde.«

Ben kratzte sich am Kinn. »Und was könnte das sein?«

Die Antwort war so simpel, dass Anja lachen musste.

***

Noch 32 Minuten.

Es wurde langsam dunkel. Sie befanden sich mitten auf dem Marktplatz an der berechneten Einschlagstelle. Genau hier würde alles beginnen oder alles enden.

Genau hier, wo tatsächlich alles begonnen hatte. Anja konnte sogar den kleinen Teeladen sehen.

Wie prosaisch.

Ben war natürlich da, genau wie er es versprochen hatte. Wie immer sah man ihm kaum an, was er dachte oder fühlte. Anja wusste, wie angespannt er wirklich war. Er würde in jedem Fall verlieren. In *jedem* Fall.

Ein Meer aus Glassplittern rieb sich in ihre Seele hinein und schürfte sie blutig, wenn sie nur daran dachte.

Jessica und Karl waren auch da und hielten sich an den Händen. Anja war übel und die Zeit, die wenigen Minuten, die sie noch auf dieser Erde hatte, rasten dahin.

Balduin, Sam und Peter hatten sich ebenfalls entschieden zu bleiben. Der Junge klammerte sich an den Mann mit der Lederjacke und Anja wünschte sich, dass sie wenigstens ihn retten konnte. Irgendwie.

»Anja!«, sie drehte sich herum und erkannte ihren Vater, der mit seiner Arzttasche in der Hand auf sie zu rannte.

Ihre Augen wurden weit. »Was machst du hier?«

»Ich bin genau da, wo ich hingehöre«, sagte er.

Anja wurde warm und gleich wieder kalt. Nicht er auch noch.

Ihre Brust zog sich zusammen. Konnte sie denn *niemanden* beschützen. Wenigstens bei ihm hatte sie gehofft, dass er sicher sein würde.

In ihrem Kopf hallten seine Worte wie ein Echo wieder. Er war da, wo er hingehörte. Sie fiel ihm um den Hals.

»Und wo ist Elsi?«

»In Sicherheit.«

Wenigstens das.

Plötzlich kam ein Mann mit wirrem grauem Haar auf sie zu, das wie elektrisiert unter einem roten Kopftuch hervorquoll.

Anja schnappte nach Luft. Das war der Mann, von dem sie ihre Fähigkeit gekauft hatte.

Was macht der denn hier?

Er begrüßte Balduin mit einer freundschaftlichen Umarmung und klopfte Sam auf die Schulter.

Dann kam er zu Anja. »Na, Kleines. Ich hab doch gesagt, die Dinger machen nur Ärger. Jetzt weißt du wohl, wieso ich sie loswerden wollte.« Er grinste schief und nahm sie so fest in den Arm, dass ihr fast die Luft wegblieb.

Sie machte sich ganz steif, weil sie nicht wusste, was sie mit dieser Geste anfangen sollte. »Viel Glück, Kleines.« Damit klopfte er ihr wie einem Pferd auf den Rücken.

»Danke«, ächzte Anja, als er sie endlich wieder losließ.

»Aber wieso sind Sie überhaupt hier?«

»Ich werde mir doch den großen Knall nicht entgehen lassen. Außerdem kann man eine ordentliche Portion Glück immer gebrauchen.« Er zwinkerte.

Anja fröstelte.

Der Abend breitete seine Schwingen in einem dunklen Violett über die Welt. Ein magischer Vorbote der Finsternis.

Sie waren alle hier.

Alle ihre Freunde. Und noch mehr Menschen hatten sich auf dem Platz versammelt, standen in kleinen Grüppchen beieinander oder allein und sahen in den Himmel hinauf.

Anja wollte noch etwas sagen. Irgendetwas.

»Wir müssen es schaffen«, flüsterte sie zu sich selbst. Aber das reichte nicht. »Wir *werden* es schaffen«, denn darum ging es hier. Um Hoffnung. »Wir werden es schaffen!«, rief sie in die Nacht hinaus und alle Blicke hefteten sich auf sie. »Wir werden es schaffen. Und wenn die ersten Schildsphären, auf diesem Platz aufflammen, dann werdet ihr wissen, dass ich recht hatte.«

Ein Raunen ging durch die Menge.

»Da!«, rief jemand.

Anja blickte nach oben, aber sie konnte noch nichts erkennen.

Doch die Zeit rann ihr durch die Finger.

Und wer auch immer das gesagt hatte, er hatte recht. Denn gleich war es so weit. Gleich *mussten* sie ihn sehen können. Und dann würde sich zeigen, ob die Erde tatsächlich eine Chance hatte. Oder ob Anjas Plan so endlos geisteskrank war wie er sich anfühlte und nur schiefgehen *konnte*.

Die Sterne flimmerten wie Feenstaub in der Dunkelheit. Einer von ihnen schien besonders groß zu sein. Eine dicke, silberne Anstecknadel am Umhang der Nacht. Konnte er das sein?

In Anja herrschte völlige Leere. Nervosität gab es nicht mehr. Sie hatte genug Zeit gehabt, um jeden möglichen Ausgang zu befürchten oder zu erhoffen.

Der Stern, der keiner war, wurde größer, flackerte, flimmerte.

Das ist er.

Anja atmete einmal tief ein, so tief sie konnte. Dann zog sie ihr Handy aus der Hosentasche und wollte gerade die Kopfhörer auf die Ohren setzen.

»Nicht dein Ernst«, sagte Ben.

»Was denn?«

Ben lächelte. »Ich habe noch etwas für dich.«

Anja legte den Kopf zur Seite. Was konnte das sein? Jetzt. Was bitte, wäre ein passendes Geschenk für *diesen* Augenblick?

»Ich habe gedacht, wenn du schon einen Soundtrack für den Weltuntergang brauchst, dann richtig.«

Anja zog die Brauen hoch. Sein Lächeln wurde breiter und im nächsten Moment füllte *I want it all* von *Queen* die Luft über dem Platz, schallte aus extra aufgebauten Lautsprechern, die rund um den Platz angebracht waren, und vibrierte in Anjas Brust.

»Dein eigentlicher Musikwunsch kommt gleich.« In seinem Lächeln lag so viel mehr, als Anja in Worte fassen konnte. »Ich glaube an dich, das weißt du.«

»Du bist verrückt.«

»Verrückt nach dir.« Er zog sie an sich und küsste sie, küsste sie mit einer Intensität und Leidenschaft, als wäre es das letzte Mal. Sie spürte seine Hitze, seine Nähe und seine Kraft und hätte sich in diesem Augenblick gerne mit ihm zusammen in Luft aufgelöst.

Tränen liefen über ihre Wangen, als sie sich löste. Er wischte die Feuchtigkeit fort. »Du schaffst das, Anja Richter. Du wirst die Welt retten. Ich bin mir ganz sicher.« Und er sagte es, als würde er es auch glauben.

Am liebsten wäre sie gleich wieder in seine Arme gefallen, aber dafür war keine Zeit, sie musste sich konzentrieren, sie musste anfangen. Das Schicksal der ganzen Erde lag in ihren Händen.

Anja wartete auf ein Rauschen, ein Donnern, ein Beben. Aber natürlich würde es das nicht geben, dazu war der Komet viel zu schnell.

»Ihr seid übrigens eingeladen«, rief Jess ihr unvermittelt zu.

Anja drehte sich verwirrt um. »Eingeladen?«

»Zu unserer Hochzeit natürlich.« Jessica lachte, in einer Mischung aus Freude, Angst und Zuversicht, die sich kaum in Worte fassen ließ.

Anja riss die Augen auf. »Ihr wollt heiraten?«

»Du siehst also, wenn du deiner besten Freundin nicht die Hochzeit versauen willst, dann solltest du verdammt noch mal die Welt retten.«

Anja schüttelte den Kopf und versuchte erfolglos die Tränen zurückzuhalten. Sie würde nicht versagen.

Die Welt würde nicht untergehen.

Nicht heute.

Nicht, solange sie noch ein Wörtchen mitzureden hatte.

Und dann war es soweit.

Princes of the Universe drang mit all seiner Macht aus den Lautsprechern und füllte ihre Ohren. Ihr ganz persönlicher Soundtrack für das Ende der Welt – in Dauerschleife.

Mit manischer Geschwindigkeit wurde der Stecknadelstern jetzt größer, wuchs auf die Größe einer Kinderfaust an, wurde dann zu einem Fußball. Die Luft schien zu vibrieren.

Bens Finger schlossen sich um ihre.

Die Zeit schrumpfte zusammen und Anja drückte fester zu.

Queen forderte dazu auf, um das Überleben zu kämpfen, in einem Krieg mit den dunkelsten Mächten.

In Anjas Brust schlug ihr Herz so schnell und hart wie ein Presslufthammer.

Das war das Ende.

Jetzt stand sie hier, auf dem einen Fleckchen Erde, das den Absturz garantiert nicht überstehen würde. Und alle Menschen, die ihr jemals etwas bedeutet hatten, waren bei ihr.

Ben, ihr Vater und Jessica. Karl und Sam und Peter und Balduin.

Wenn sie versagte, dann würden sie sterben. Alle, Menschen, die nur hier waren, weil Anja behauptet hatte, sie könnte die Welt retten. Der Tod eines jeden einzelnen wäre ihre ganz persönliche Schuld.

Mieses Karma, Anja. Ganz, ganz mieses Karma!

Aber Freddie Mercury kannte die Antwort.

Die Antwort auf die Frage, was jetzt zu tun war.

Meine Macht liegt in meiner eigenen Hand.

Anja konzentrierte sich auf Ben und auf ihren Vater und Jessica und alle Menschen, die sie jemals geliebt hatte.

***

Während Queen die Prinzen des Universums besang, bildete sich ein bläulich glühender Schild um Ben. Blassblaue Sphären erschienen aus dem Nichts, hüllten Sebastian Shaw in Vermont und seine Familie ein, beschützten deren Freund in Japan, dessen Schwester auf Tahiti und deren Familie in Russland.

Aber würde es reichen?

Der Platz blieb leer, lag dunkel da. Nur Anja und Ben wurden von einem Schild beschützt.

Plötzlich flammte eine Sphäre um Sam herum auf. Der erschrak. »Was?«

»Du sollst an die Menschen denken, die du liebst«, forderte Anja.

Sam gehorcht offensichtlich, denn sofort wurden Peter und Balduin eingehüllt.

Dann ein Mann mit Hut am anderen Ende des Platzes. Eine Frau, die sich an einem Teddybären festklammerte.

Immer mehr Sphären glühten auf, leuchtende Blumen, die bald den ganzen Platz überzogen, blühten und schimmerten wie Perlen in der Nacht.

Aus dem Weltall betrachtet konnte man zunächst nicht viel erkennen. Erst nur vereinzelt, in den entferntesten Gebieten der Erde sprangen kleine Punkte aus dem Nichts, Nadelstiche auf dem Kleid der Finsternis. Dutzende. Hunderte. Tausende. Und dann schwappte eine Welle aus weißblauem Sternenmeer über die Erdoberfläche, vibrierte, wirbelte, wallte und verband sich schließlich in einer einzigen, hauchdünnen Decke aus Licht keine hundert Meter über der Oberfläche. Ein Mantel aus glasblauem Sonnenschein, der sich um die Erde legte. Ein Schutzschild geboren aus den Herzen und der Liebe von über sechs Milliarden Menschen, die gebannt im Freien standen und in den Himmel starrten.

Anja konnte sie spüren. Jeden Einzelnen. Über Sechsmilliarden Seelenpunkte in ihrer Brust, verbunden, auf eine Weise, wie sie es noch nie gespürt hatte. Ein Netz aus feinen, silbrigen Linien auf der schwarzen Leinwand des Universums, das die gesamte Erde einhüllte und beschützte, vor allem, was da kommen mochte.

Das gleißende Orangerot des Asteroiden, der in die Erdatmosphäre eintrat, breitete sich in rasender Geschwindigkeit bis zum Horizont hin aus und nahm ihr gesamtes Sichtfeld ein.

Blut rauschte in ihren Ohren und füllte die Stille, während Freddie Mercury aufforderte, nach den Sternen zu greifen.

Und dann berührte der Asteroid den Schild.

Blitze zuckten über das Licht der Hoffnung, das die Erde umhüllte. Feuer traf auf Weiß, Glühen auf Eis, das Ende auf die Zukunft. Mit grenzenloser Macht und tonnenschwerer Durchschlagskraft schlug Fels auf Schild, dass es Anjas Herz erzittern ließ.

In dem Sekundenbruchteil, den es brauchte, um den schillernden Schutzmantel der Welt bis hinunter auf die Höhe der Dächer zu drücken erkannte Anja, dass es nicht reichen würde. Die brennende Hitze der Asteroidenoberfläche war nur noch wenige Meter entfernt und kam schneller näher, als sie gucken konnte.

Die Zeit stand still.

Anja hätte nur den Arm auszustrecken brauchen, um das Höllenfeuer über sich zu berühren.

Direkt über ihrem Kopf schwebte das endgültige Ende.

Es war wie beim Tod des Mannes, den sie in Notwehr vom Dach gestoßen hatte. Der Schild hatte seinen Körper geschützt, trotzdem hatte der Aufprall ihn umgebracht. Die Kraft ging nicht verloren, nur, weil eine Hülle ihn beschützte.

Und jetzt die Welt beschützte.

Der Asteroid würde trotzdem einschlagen.

Ihr Kopf füllte sich irrationalerweise mit Bildern von Leuten in Autos, die ohne Airbag gegen Mauern fuhren.

Es war zu spät, um die Taktik zu ändern, es war zu spät, um die Welt zu retten.

Sie würden alle sterben. Jetzt und hier.

Die Welt würde untergehen, weil Anja Richter nicht nachgedacht hatte. Menschen würden sterben, so viele Menschen, die nicht hätten sterben müssen.

Ein Schrei zerriss Anjas Brust und fraß sich in ihre Seele hinein, noch bevor sie erkannte, dass es ihr eigener war. Sie war schuld. Sie ganz allein.

Es war vorbei.

Zu Ende.

Alle ihre Freunde würden für immer verschwinden.

Sie würden sterben.

Jetzt und hier.

Für immer.

Am liebsten wäre Anja einfach mit ihnen verschwunden, hätte sich unsichtbar gemacht und …

Moment?

Unsichtbar.

In Luft aufgelöst!

Das war die Antwort.

Nicht nur unsichtbar, sondern noch viel mehr.

Aber sie konnte nicht die ganze Erde mit sich nehmen, oder? Unsichtbarkeit brauchte Berührung.

Das Summen der Seelen in ihrer Brust nahm zu. Die *Verbindung* zu jedem einzelnen Menschen auf dieser Welt war bereits vorhanden. Ihr Schild hatte sie hergestellt. Sie musste die Menschen nicht physikalisch berühren, sie waren hier, bei ihr, in ihrem Herzen. Wie ihr Vater einmal gesagt hatte.

Und sie waren erfüllt von Hoffnung. Sie glaubten an sie. Sie vertrauten darauf, gerettet zu werden.

Dabei war jeder einzelne von ihnen selbst die Rettung.

So offensichtlich.

Der Asteroid presste die weißblaue Schildhülle immer dichter auf den Boden.

Anja riss die Hände hoch. Queen blasterte in ihrem Hinterkopf und schrie es in die Welt hinaus.

Hier gehören wir hin.

Mit aller Macht konzentrierte Anja ihre Fähigkeit. Es reichte nicht, unsichtbar zu sein. Sie mussten ganz aus dieser Dimension verschwinden.

Nicht nur ein einzelner Bleistiftpunkt musste aus der Ebene des Papiers gehoben werden, sondern die gesamte Erde.

Sie wusste, dass das ihr Ende sein würde.

Sechsmilliarden Menschen und einen ganzen Planeten unsichtbar zu machen, die Nebenwirkungen würden sie umbringen, ohne jeden Schatten eines Zweifels.

Aber sie war bereit.

Sie würde ihr Leben geben, um die Menschen zu retten, die sie liebte, um den Kindern dieser Erde eine Zukunft zu schenken.

Egal, was es kostet.

Sie holte tief Luft … und die Welt verschwand.

Nichts.
War.
Mehr.

Plötzlich ohne Gegenkraft fiel der Asteroid in den Planet hinein, und durch die Stelle hindurch, an der die Erde gewesen wäre, wenn sich an diesem Ort noch *irgendetwas* befunden hätte.

Stille.
Endlos.
Vakuum.

Für Anja stand die Zeit weiter still. Sie wusste, es würde Minuten dauern, bis der Asteroid den Raum passiert hatte, der gewöhnlich von ihrer Heimat ausgefüllt wurde.

Die Frage war, wann sie es wagen konnte, die Erde erneut zu materialisieren. Zu früh, und der Asteroid würde mitten in der Erde stecken und mit all seiner Macht riesige Teile aus flüssiger Lava und Erdkruste mit sich reißen, aus der Erde herausschleudern und noch größere Verwüstung anrichten, als er schon durch einen Aufprall verursacht hätte. Nur diesmal auf der Seite der Erde, auf die viele Menschen geflüchtet waren.

Aber wenn sie zu lange wartete, würde sie sich dann auflösen und mit ihr die ganze Erde ins Nichts ziehen?

Anja sang mit Freddie.

Dreimal. Von den Prinzen des Universums.

Dreimal. Gitarrensolo.

Dreimal. *Ich bin hier für deine Liebe und ich stehe meinen Mann.*

Und dann ließ sie los.

TOD

Der Asteroid nahm langsam Bens komplettes Sichtfeld ein. Anja starrte konzentriert in den Himmel und sofort entstand wieder die Sphäre um seinen Körper.

Wie vereinbart dachte er an seine Familie und an seine Freunde, an jeden Menschen, den er liebte.

Und an Anja.

Ben konnte sie spüren.

Sie und jeden anderen Menschen auf diesem Planeten.

Es war völlig verrückt und komplett unmöglich, aber er sah es mit erschreckender Klarheit. Jeder einzelne Mensch auf dieser Erde – alle Menschen waren miteinander verbunden, jetzt in diesem Augenblick und mit untrüglicher Gewissheit auch in jedem anderen Moment.

Sie stritten und bekämpften sich, verletzten sich und brachten sich gegenseitig um, dabei waren sie in Wirklichkeit jeder nur ein winziger Teil eines einzigen, großen Kreises. Einer Sphäre, die den Planeten beschützte.

Ein übermütiges Lachen kitzelte in seiner Kehle, als diese Erkenntnis an die Oberfläche blubberte. Ein endloses, überschwappendes, singendes Gefühl der Verbundenheit – Liebe. Was war das anderes als Verbindung?

Er drückte Anjas Finger fester zusammen und bemerkte erst jetzt ihren ernsten Gesichtsausdruck.

Er konnte sie spüren, er fühlte in sie hinein und dann erkannte er ihre Wahrheit.

Diese Verbundenheit, dieser Zusammenhalt, dieses große Ganze würde zusammenbrechen und die Welt würde zerstört werden. Tsunamis, Schockwellen, Ascheregen, Eiszeiten, Hunger, Krankheit, Tod.

Das Lachen, das eben noch unter seiner Oberfläche getanzt hatte, zerbrach in tausend Scherben, schnitt ihm tief ins Fleisch und erstickte seine Atemzüge mit einem feuchten, blutigen Schmatzen.

Und dann verschwand die Welt.

In einem schwerelosen Raum aus nichts. Ohne Farben, ohne Leben, ohne Luft. Erfasste er, was sie getan hatte. Sie hatte die Erde aus der zweidimensionalen Ebene herausgehoben, sie in eine andere Dimension hineinvibriert und wartete darauf, sie in den Schoß der Gravitation unseres Sonnensystems zurückzubetten.

Aber er begriff auch, um welchen Preis.

Und dieses Wissen saugte mit schwarzer Macht auch noch den letzten Teil seiner Seele aus seinem Körper.

Er war leer.

Denn mit einer eiskalten Präzision, die an Schärfe nicht mehr zu überbieten war, wurde ihm klar, dass sie das eine gegen das andere Ende getauscht hatte.

Ihr Leben gegen die Zukunft der Menschheit.

Widerstandslos raste der Asteroid unbehelligt weiter durch das Sonnensystem und befand sich weiter auf seiner Reise durch die endlose Dunkelheit des Universums.

Die Rückkehr in die Welt des Lichts war kalt und hart und scharf wie Eissplitterscherben.

Die Nacht senkte sich unvermittelt wieder über die Erkenntnis.

Queen schmetterte im Hintergrund.

Und das Leben stellte erschrocken fest, dass es weiterging, ohne auch nur einen Herzschlag auszusetzen.

Anja sackte neben ihm auf den Boden, fiel hart auf die Knie und er konnte sie gerade noch auffangen, bevor ihr Kopf auf den Beton knallte.

»Anja!«

Ihre Augen starrten leblos in die Nacht.

Er beugte sich über sie und zog sie an sich, umklammerte ihren schlaffen Körper und fand nichts. Keinen Funken. Keinen Herzschlag. Keine Seele. Nichts.

Sie war leer.

Sie war kalt.

Sie war tot.

LEBEN

Als die gesamte Erde von einem weißblauen Glühen eingehüllt wurde, ging ein Raunen durch die Menschheit. Ein kristallenes Flüstern breitete sich aus, das in den kleinsten Ritzen der winzigsten Felsspalten widerhallte und in den gigantischsten Tiefen der größten Schluchten genauso deutlich zu vernehmen war wie in den nachtschwarzen Tiefen der Ozeane und den obersten Luftschichten der Atmosphäre.

Ein lautloses Vibrieren, das jedes Molekül zum Schwingen brachte. Und dann … verschwand die Welt … und mit ihr die Zeit.

Im nächsten Augenblick wurde die Wirklichkeit wieder ins Bild gerissen, grell und klar und schneidend scharf grub sich die Realität in die Seelen der Menschen, sie waren …

Noch am Leben?

Wirklich?

Stillstand.

Schweigen.

Schock.

Irgendwo zerschellte ein Glas, achtlos umgeworfen oder einer erstarrten Hand entglitten, *pling*, und wie auf ein Zeichen begann die Welt sich wieder zu drehen. Die Menschen wachten auf aus ihrer Versteinerung, blickten auf den Bildschirm, blinzelten in den Himmel und sahen sich um.

Sie waren noch da.

Wirklich und wahrhaftig.

Und dann – es fühlte sich wie Ewigkeiten an – kam die Nachricht: »Der Asteroid ist an uns vorbeigeflogen.«

Der Sprecher stockte.

Aber das konnte nicht sein. Das war unmöglich.

»Ich korrigiere. Der Asteroid ist durch uns *hindurch* geflogen … *unmöglich* … Auf jeden Fall … ist er weg, er ist weg und wir sind gerettet …«

Die Stimme des Nachrichtensprechers klang genauso verwirrt wie seine Worte.

Es konnte nicht wahr sein. Aber es *musste* wahr sein. Denn sie lebten noch. Das konnten sie spüren.

Die Erkenntnis prickelte in Millionen feinen Nadelstichen unter ihrer Haut und bahnte sich einen Weg an die Oberfläche.

Die Welt existierte noch. Es gab eine Zukunft. Die Sonne würde auch morgen wieder über einem blassroten Horizont aufgehen und Lichtpfeile durch Wolkendecken werfen. Die Äpfel würden doch noch dick und rot werden. Die Blätter würden von den Bäumen getrieben und dann würde das Jahr von vorne beginnen.

Jetzt ging es nach Hause. Züge würden fahren, Flugzeuge würden fliegen und Schiffe würden sich auf den Weg machen. Schon bald würden die Kinder wieder zur Schule gehen und ihre Eltern zur Arbeit und das Leben ging weiter.

Summend und kribbelnd bahnte sich die Erkenntnis ihren Weg aus den Bäuchen der Menschen heraus über die Haut bis ins Gesicht. Und als sie die frische Süße auf ihren Zungen schmecken konnten, brachen Freudenströme über die Erde herein – echte Ströme. Heiß und golden sprangen sie lachend über die Felsen, ergossen sich ins Tal und in die Städte, tanzten funkelnd über Seen, strudelten in Menschenmengen umeinander, wirbelten in glitzernden Kreisen in die Höhe und senkten sich schillernd in die Herzen der Überlebenden.

EPILOG

5

Ben hielt sie immer noch fest.

Nachtkalt. Teerschwarz. Bodenlos.

Nein.

Sein Kopf konnte es nicht fassen und seine Seele wollte es nicht wahrhaben.

Nein!

»Du kannst nicht die Welt retten und mich einfach so im Stich lassen«, flüsterte er.

Er weigerte sich, das zu akzeptieren.

Nein! Nicht jetzt, nicht hier und garantiert nicht so!

Er richtete sich auf, hielt sie in seinen Armen und präsentierte sie dem Himmel.

»Ich brauche eure Hilfe«, sprach er ruhig in die Nacht. Und die Nadelstiche glommen zitternd in der Dunkelheit. Seelenverbindungen von über Sechsmilliarden Menschen summten glitzernd umeinander. Wie elektrisiert in der Erinnerung an das, was sie gerade noch geteilt hatten.

Er konnte das nicht alleine tun. Er konnte nicht den Schmerz heilen, das Leben aufwiegen, das die Rettung eines ganzen Planeten mit unendlicher Macht aus Anjas Körper gesaugt und ihre Seele herausgerissen hatte – zusammen mit seiner.

Aber Liebe verbindet.

Und was war schon die Rettung eines einzelnen Lebens gegen das, was gerade erst geschehen war?

Er griff mit beiden Händen in die Nacht, packte die Sterne und schenkte Anja sein Herz, bohrte sein Leben in ihre Mitte und gab sich hin.

Gehalten und getragen von den Menschen dieser Welt, die wortlos staunten und blind *wussten,* was gerade geschah.

Eine Welle zog über den Globus. Eine Flut der Erkenntnis. Die kristallklare Einsicht, dass jeder Mensch, egal wie klein, egal wie groß, egal *wie,* in jedem Augenblick die Macht besitzt, mit einer einzigen Entscheidung die Welt zu retten.

Oder Anja Richter.

Die Frau, die die Welt vereinte.

Ein Summen, ein Beben, ein Brechen.

Licht.

***

Anja blinzelte und blickte verwirrt in zwei warme Seen aus geschmolzener Schokolade, in die sie eintauchte und nach denen sie ihre Finger ausstreckte.

»Ben.« Ihre Stimme war kaum zu hören.

Dann sackte die Welt unter ihr weg und sie schlug hart mit dem Kopf auf den steinernen Boden. Ihre Hüfte lag erhöht. Weich.

Sie lag auf Ben.

Sie drehte sich herum und versuchte auf die Beine zu kommen, aber die schienen aus Gelee zu sein. Wackelpudding. Sahnecreme.

Anjas Gedanken stolperten übereinander.

Ihr Kopf dröhnte und tat höllisch weh.

Sie kam auf alle Viere.

So schwach.

Wieso rührte er sich nicht?

Wieso lag er so da?

»Ben?«

Jessica war neben ihr und sagte etwas.

Ein Druck auf ihren Ohren.

Sie konnte nichts verstehen.

Balduin über ihr. Sein Rollstuhl glitzerte im Licht einer Straßenlaterne.

Stille. Bewegung.

Ben?

Sie beugte sich über ihn und knickte mit den Armen weg.

Er lag so still, war so schwer.

Ben?

Da wurde sie an den Schultern gepackt und zurückgerissen.

Papa?

»Ben!«

Ein Ruck und sie saß auf dem Fußboden. Jessica hielt sie fest. Aber sie wollte zu Ben. Nur zu Ben.

Doch ihre Glieder waren so schwer. Sie konnte sich immer noch nicht richtig bewegen. Ihre Muskeln waren steif, ihre Gelenke Pudding und ihr Gehirn arbeitete viel zu langsam, um irgendetwas zu begreifen.

Ben!

Ein Schluchzen zerriss die Dunkelheit und sie brauchte drei volle Herzschläge, bis sie merkte, dass es aus ihrer eigenen Lunge brach.

Jessica hielt ihre Schultern und ihr Vater beugte sich über Ben.

Es war vorbei, zu spät, zu Ende.

Die Welt war doch noch untergegangen.

Die nachtschwarze Ewigkeit öffnete ihren zahnbewehrten Rachen und verschluckte ihr Herz mit einem Bissen, kaute genüsslich auf den zerfetzten Überresten ihrer Seele und verdaute ihr Leben in den giftigen Säften aus Angst, Verzweiflung und Schmerz.

4

Samtschwarzer Teppich aus Nacht.
Nadelstiche aus Silber.
Glitzernde Tränen auf bleichen Wangen.
Zitternde Lippen aus blassem Rot.
Singende Stimmen verheißen …
Tod.

3

In seinem Leben gab es wenige Dinge, auf die er wirklich stolz war. Seine Arztkarriere gehörte dazu. Und ja, auch wenn ein großer Teil von ihm es immer noch nicht *richtig* zugeben wollte, auch auf seine Tochter war er stolz.

Erst recht heute. Erst recht jetzt.

Sie hatte die Welt gerettet. Auch wenn er es noch nicht ganz verstand, er hatte es gespürt, tief in seinem Innern hatte er genau gewusst, was geschah.

Und sie war bei dem Versuch gestorben.

Auch das war ihm durchaus bewusst.

Drittens war er über seinen Schatten gesprungen. Er hatte sich mit diesem Shaw in Verbindung gesetzt. Hatte sich aktiv an der Erforschung von dessen Fähigkeit beteiligt.

Nur deshalb stand er jetzt hier.

Dieser Shaw hatte Anjas Leben gerettet und war dabei draufgegangen.

Und genau so, wie er noch vor wenigen Augenblicken *gewusst* hatte, dass Anja die Welt gerettet hatte und *gewusst* hatte, dass sie tot war, wusste er jetzt, dass ihre Seele zerbrach.

Für immer.

Und genau deshalb ist es eine verdammt gute Sache, wenn man vorbereitet ist.

Denn bitteschön, welcher Vollidiot hätte erwartet, dass die Rettung der Welt einfach mal so eben und ohne Schwierigkeiten ablaufen würde?

Statt also jetzt aus allen Wolken zu fallen, tat er das, was er am besten konnte: Er übernahm die Kontrolle.

Schlechtes Licht, das hatte er sich gedacht. Vene finden unter diesen Umständen? So gut wie unmöglich. Aber auch darauf war er vorbereitet.

Er drückte den Infusionsbeutel einem Typen mit Kinnbärtchen in die Hand, dann jagte er die entsprechende Kanüle direkt in den Knochen.

Anschließend rammte er die Adrenalinspritze in Bens Brustkorb und hielt die Luft an.

***

»Papa …« Anja stolperte vorwärts, als Jessica ihr endlich ein bisschen Raum ließ.

»Zumindest ist er nicht tot«, sagte ihr Vater. »Noch nicht.«

»Aber wie …«

»Schätzchen, ich hab dir schon tausend Mal gesagt, man muss *immer* vorbereitet sein.«

Anja kauerte sich neben Ben. Sein Atem ging so flach, dass man ihn kaum wahrnehmen konnte und seinen Puls konnte sie nicht spüren.

Er lebt?

»Was …?« Ihre Zunge klebte am Gaumen fest, sie konnte keine vernünftigen Sätze formen.

»Hochkonzentrierte Zuckerlösung, hergestellt in den Deepstone Forschungslaboren, mit meiner Unterstützung.« Sie konnte den Stolz in seiner Stimme hören. »Ich hab dir doch gesagt, Ärzte sind die mächtigsten Menschen auf der Welt« Er machte eine lange Pause und sah sie an, bevor er hinzufügte. »Fast.«

Sie schaffte es, ihre Augen von Ben loszueisen und ihren Vater anzustarren.

»Sieh mich nicht so an. Du hast gerade die Welt gerettet. Ich bin nur der Typ mit dem Infusionsbeutel.«

Aber sie konnte sehen, wie er von innen glühte.

Anja schüttelte den Kopf und Tränen schossen ihr in die Augen. Sie sprang auf, strauchelte bei dem Versuch und fiel ihrem Vater um den Hals.

2

Wenn du die Welt gerettet hast, dann gibt es plötzlich erstaunlich viele Menschen, die dir dankbar sind.

Natürlich gibt es auch den einen oder anderen Verrückten, der dir Morddrohungen schickt und einen hinterlistigen Plan Satans unterstellt, aber diese absoluten Volltrottel sind zum Glück massiv in der Unterzahl.

Auf jeden Fall ist es wohl wenig verwunderlich, dass etliche Menschen mit besonderen Kräften Anjas Beispiel folgten, als sie ihre Fähigkeiten an den Nagel hing. Oder vielmehr in eine Murmel steckte.

Anja presste die Metallkugel in ihrer Hand und wusste, dass sie ihre Unsichtbarkeit hiermit offiziell aufgab – zumindest für die absehbare Zukunft.

Und es tat gar nicht weh.

Sie hatte alles damit erreicht, was man sich nur wünschen konnte. Sie hatte die ganze Welt gerettet. Und sie durfte Ben behalten. Der Verlobungsring glitzerte an ihrem Finger.

Sie lächelte, als sie die unsichtbare Kugel zu den anderen in die gepolsterte Kiste legte.

»Bist du sicher, dass du das Richtige tust?«, fragte Ben.

Sie wusste, er kannte die Antwort. Sie wusste, dass er nur fragte, um es noch einmal aus ihrem eigenen Mund zu hören.

Sie hatten schon so oft darüber gesprochen. Ja, es gab immer noch Menschen mit Fähigkeiten da draußen und ja, es gab wahrscheinlich auch noch ein paar Sammler.

Aber sie hatten die Technologie, um diese Leute aufzuhalten und die Möglichkeit, den anderen zu helfen, egal, ob Anja ihre Kräfte weiterhin besaß oder nicht.

Außerdem würden sie die Fähigkeiten nicht etwa ins All schießen. Sie wurden nur sicher aufbewahrt und konnten, wenn nötig werden sollte, wieder herausgeholt.

Wann und für welchen Zweck das sein würde, dazu würden sie eine länderübergreifende Ethikkommission einsetzen.

Das war gar nicht so leicht wie es sich anhörte. Aber die Vorbereitungen hatten bereits begonnen.

Und in der Zwischenzeit hatte Anja es sich zur Aufgabe gemacht, Menschen mit besonderen Fähigkeiten zu helfen und Sammler aufzuhalten. Eine Mischung aus einer Lehrerin in einer Schule in Vermont und einer Superheldin in den Ferien.

»Ja. Es ist das Richtige«, antwortete sie Ben.

Er griff nach ihrer Hand, seine warmen Finger schlossen sich um ihre. Und Anja wusste, egal, was sie in diesem Augenblick verlor, was sie gewonnen hatte, war wesentlich wertvoller. Sie lehnte ihren Kopf an Bens Schulter und er legte seinen Arm um ihre Taille.

1

Nach einem kurzen Regenschauer kurz vor Sonnenuntergang war die Luft geschwängert mit dem würzigen Duft von Fichten, Holz und frischer Erde.

Sie versammelten sich im Schein einer blassweißen Mondsichel auf der Lichtung. Riesige Baumschatten rauschten leise in der Dunkelheit.

Der Himmel hatte sich zur Feier des Tages reichlich mit Sternen geschmückt und ein glitzerndes Band um die nachtblauen Schultern gelegt.

Anjas Seele vibrierte vor Freude, während sie neben ihrer Freundin stand. Ihre Finger legten sich um das glatte Holz der kurzen Fackel und ihr Gesicht wurde von der kleinen Flamme gewärmt.

Jessica glühte von innen heraus. Ihr Kleid war aus samtigem Lila, der Saum und der Ausschnitt mit stilisierten goldenen Blumen geschmückt. Eine einzelne Blüte hatte sie in ihr Haar gesteckt, während sich ihre Finger um die des Bräutigams schlossen.

Karl trug eine passend violette Krawatte und einen schwarzen Anzug, der ihn neben Jessica noch größer erscheinen ließ, als er sowieso schon war.

Eine kleine Gruppe von Menschen, die sich in der Finsternis treffen, um Licht zu schaffen.

Anja lächelte, weil ihre Freundin sich so tiefe, philosophische Gedanken zu ihrer Hochzeit gemacht hatte.

Hinter dem Brautpaar bildeten die Gäste einen Halbkreis. Nur das Weltuntergangsteam, Eltern und Geschwister waren gekommen.

Die Menschen, die wir lieben.

Der katholische Priester beendete seine Rede, auf Jessicas Wunsch hin, mit einem Zitat von Buddha. »Diese Welt geht vorüber und alles, was wichtig ist, fliegt vorbei. Jeder muss aus seinem Traum erwachen. Es ist keine Zeit zu verlieren.«

Mit klopfendem Herzen reichte Anja ihrer Freundin die Fackel.

Karl ergriff zärtlich die Hand seiner Frau und die kleine Gemeinschaft machte dem Brautpaar Platz, damit sie an die hüfthohdene Pyramide aus Brennholz in der Mitte der Lichtung herantreten konnten.

Die beiden frisch Vermählten senkten die Fackel und entzündeten das Holz. Knisternd und krachend breiteten sich die Flamen aus, züngelten rot und golden und heiß in die Nacht. Schickten Funken zu ihren Brüdern in den Himmel.

Anja nahm die Fackel wieder an sich und betrachtete die beiden mit einem tiefen Seufzen. Karl griff Jessicas freie Hand, zog sie an sich, legte die Rechte um ihre Taille, neigte sie mit einer ausladenden Geste nach hinten und küsste sie mit leidenschaftlicher Hingabe.

Fast wäre Anja auf der Stelle geschmolzen.

Sie spürte Bens Wärme hinter sich und das Versprechen, das in seiner Berührung lag, als er sie an sich zog.

0

Seit dem Großen Anfang dauert das Jahr einen Tag länger. Wissenschaftler erklären, dass der Asteroid und der Winkel, in dem er auf den Schild einschlug, die Erde *angeschubst* hatte, bevor sich die Welt in eine andere Dimension verflüchtigte. Gläubige meinen, dass Gott den Menschen einen weiteren Tag geschenkt hat, um sie daran zu erinnern, dass ihr Leben endlich ist.

Dem durchschnittlichen Bürger ist der Grund völlig egal.

An diesem Tag steht die ganze Erde still.

Niemand arbeitet.

Alle feiern und essen Süßigkeiten bis zum Abwinken.

Was genau gefeiert wird?

Viele Dinge.

Zu allererst der Fakt, dass die Welt am Großen Anfang nicht untergegangen ist. Dass sie mit ihren Meeren und Kontinenten immer noch genau so existiert, wie wir sie kennen. Ohne Eiszeit, ohne Aschewolken, ohne riesige Lavakrater.

Außerdem feiern wir das Leben.

Wir feiern jeden einzelnen Menschen, der an dem Tag, als der Asteroid durch die Erde fiel, *nicht* gestorben ist.

Und wir feiern die Zukunft, die uns geschenkt wurde. Jeden einzelnen Tag, der noch vor uns liegt, auch wenn wir nicht wissen, wie viele das sein mögen.

Nicht zuletzt feiern wir unsere Unsichtbare Superheldin. Die sich seit dem Großen Anfang ein wenig unsichtbar gemacht hat. Aber wir wissen, dass sie lebt und dass sie sich weiterhin für die Menschen einsetzt, auch wenn sie das im Stillen tut.

Und wir feiern auch all die Süßigkeiten, die am Morgen nach dem Großen Anfang gegessen wurden.

Nur wenige Eingeweihte haben eine wage Vermutung, warum urplötzlich über sechs Milliarden Menschen nicht nur Kopfschmerzen, sondern auch Lust auf Schokolade und Zuckerzeug bekamen – gleichzeitig.

Diese Eingeweihten glauben, dass die Verbindung, die Anja mit ihrem Schild hergestellt hat, nach dem Großen Anfang nie wieder ganz verschwunden ist. Sie glauben, dass sie vielleicht schon immer da war. Und dass Anjas Vater für Ben zwar Erste Hilfe geleistet hat, aber dass in Wirklichkeit die hauchzarte Verbindung von Mensch zu Mensch einen jungen Mann rettete, der sein Leben für eine junge Frau gegeben hat, die die Welt vor dem Untergang bewahrte.

Diese Leute feiern, dass die Liebe über den Tod gesiegt hat.

Seit dem Großen Anfang gibt es mehr Leute, die an irgendeine Form von Gott glauben, mehr Leute, die an Wunder glauben und mehr Leute, die glauben, dass wir alles besser machen müssen.

Diese Menschen sind durch den Großen Anfang gewachsen und haben gelernt, dass wir in jedem Augenblick die Macht besitzen zu entscheiden, was wichtig für uns ist und wie wir darauf reagieren.

Wie lange diese Erkenntnis anhält, wird sich zeigen.

Hat dir das Buch gefallen?

Über eine Rezension würde
ich mich sehr freuen ☺

Möchtest du mehr?

Dann habe ich eine Überraschung für dich
auf der nächsten Seite.

Als Buch-Leser erhältst du
exklusiven Zugang zu:

Gestrichene Szenen

zu: Die Superheldin

Melde dich mit nachfolgendem Code bei meinem Newsletter an. Nach der Anmeldung und Bestätigung erhältst du eine E-Mail mit deinem Download-Link.

Prequel-Code:

412-552-163

Gib den Code auf dieser Website ein:

www.jvellguth.de/super

Über die Autorin:

J. Vellguth entführt ihre Leser in fantastische Welten mit lebendigen Charakteren. In ihren Büchern mischt sich ihr Hintergrund als Astrophysikerin mit ihrer Faszination von Mystik und Magie. Begleite sie auf ihren Abenteuern und fühle den Zauber ihrer Geschichten.

Willst du mehr erfahren, besuche:

www.jvellguth.de

Folge ihr über:

twitter.com/jvellguth

facebook.com/jvellguth

www.jvellguth.de/newsletter

55657439R00128

Made in the USA
Charleston, SC
04 May 2016